本色文丛·柳鸣九 主编

长河流月去无声

——蓝英年散文随笔精选

蓝英年／著

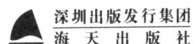

深圳出版发行集团
海天出版社

图书在版编目（CIP）数据

长河流月去无声 / 蓝英年著. — 深圳 : 海天出版社，
2012.9

（本色文丛 . 第1辑）

ISBN 978-7-5507-0512-8

Ⅰ.①长… Ⅱ.①蓝… Ⅲ.①散文集—中国—当代
②随笔—作品集—中国—当代 Ⅳ.①I267

中国版本图书馆CIP数据核字（2012）第204741号

长河流月去无声
CHANGHE LIUYUE QUWUSHENG

出 品 人	尹昌龙
出版策划	毛世屏
责任编辑	林星海　陈　嫣
责任技编	蔡梅琴
装帧设计	斯迈德设计　0755-83144228

出版发行	海天出版社
地　　址	深圳市彩田南路海天大厦（518033）
网　　址	www.htph.com.cn
订购电话	0755-83460293（批发）0755-83460397（邮购）
印　　刷	深圳市华信图文印务有限公司
开　　本	787mm×1092mm　1/32
印　　张	7.75
字　　数	120千
版　　次	2012年9月第1版
印　　次	2012年9月第1次
定　　价	29.00元

蓝英年，1933年生，江苏省吴江市人，1955年毕业于中国人民大学俄语系，北京师范大学教授，1993年离休。

主要译著有《日瓦戈医生》《滨河街公寓》（与人合译）《阿列霞》《库普林中短篇小说选》《回忆果戈理》《亚玛街》《塞纳河畔》《邪恶势力》（与人合译）《捍卫记忆：利季娅作品选》（与人合译）等。

出版随笔集《寻墓者说》《青山遮不住》《冷月葬诗魂》《回眸莫斯科》《历史的喘息》《苦味酒》等。

总　序

◎柳鸣九

　　深圳海天出版社似乎颇有点"散文随笔情结"，前几年，他们请季羡林先生主编了一套"当代中国散文八大家"丛书，效果甚好。于是，他们再接再厉，去年又策划出新的书系"世界散文八大家"。可惜此时季老先生已经仙逝，他们只好等求其次，请柳某出面张罗。此"世界八大家"，召集实不易，飘洋过海，总算陆续抵岸。但书系尚未全部竣工之际，海天又策划了一套新的文丛，以现今健在的著名文化人的散文随笔为内容。大概是因为柳某与海天已有一次愉快的合作，自己也常写点散文随笔，又身居"人杰地灵"的北京，便于"以文会友"，于是，海天又要柳某出面张罗。这便是这套书系产生的来由。

　　什么是散文随笔？前几年，一位被尊为大师的权威人士曾斩钉截铁地谓之为"写身边琐事"。我曾努力去领悟其要义，但就自己有限的文化见识，总觉得这个定义似乎不大靠谱。就"身边"而言，散文随笔的确多写与自己有关的人或事，但远离自己的人与事入文而成经典散文者实不胜枚举；就"琐事"而言，散文随笔写人写事确讲究具体而微，知

· 1 ·

微见著，以小见大。但以经国大业，社稷宏观，高妙艺文，深奥哲理为内容的名篇也常见于青史。不难看出，对于散文随笔而言，"题材不是问题"，任何事物皆可入散文，凡心智所能触及的范围与对象，无一不可成就散文也。故此，窃以为个人心智倒是散文的核心成份。那么，究竟何谓散文呢？散文的基本要素究竟是什么呢？如果用定义式的语言来说，散文就是自我心智以比较坦直的方式呈现于一定文学形式中，而自我心智者，或为较隽永深刻的自我知性，或为较深在真挚的自我感情。说白了，如果是思想见解，当非人云亦云，而多少要有点独特性，多少要有点嚼头与回味；如果是情感心绪，那就必须是真实的、自然的、本色的、率性的，而要少一些矫饰，少一些虚假，少一些夸张。是的，尽可能少一些，如果不能完全杜绝的话。诗歌中常有的那种提升的、强化的、扩大的感情似乎入散文不宜，还是让它得其所呆在诗歌里吧。至于"一定的语言文学形式"，不外意味着两点，一是非韵文的，这是散文有别于诗歌的最明显的标志；二是要有一定的修饰技巧，一定的艺术化，这则是散文随笔不同于公文告示、法律条文、科普说明以及各种"大白话"的重要标志。

这便是我所理解的散文随笔。我在自己的学术专业之外也经常写一些散文随笔，就是按照自己以上的理解来"炮制"的。今天，我被委以主编重任，也是按照自己以上的理解来操作的，至于我在自己的散文随笔中是否完全实践了自己的理念，是否达到自己的理念，在这次主编工作中是否有不合理、不入情的要求与安排，那就很难说了。呜呼，知与行的脱节与矛盾，人的永恒悲剧也。

出版社策划这个书系的时候，规定约稿对象为当今的文化名家。当今的文化名家种类何其多也：有在荧屏上煽情与讲道的主持人，有靠摆Pose与哭功而大富特富的影视大腕，有靠搞笑与搞怪的演艺奇才……人人都在写散文随笔，这大有成为当今散文随笔的主旋律之势。但按我个人的理解，这里所讲的文化名家不外是两种人，即具有作家文笔的著名学者与具有学者底蕴的著名作家，这两者的所长正是我对何为散文理解中所谓的"心智"这一大成份。由于我自己的圈子所限，这一辑的约稿对象全是上述的第二种人，即具有作家文笔的著名学者，而且基本上都是弄西学的学者或游学国外多年的学者，多散发出一点"洋味"的人。

学者写散文似乎有点"不务正业"，有点越界，侵入了文学家地盘。但对于学者来说，特别是对人文学者来说，却完全是性之所致，是一种必然。他本来就有人文关怀、人文视角、人文感情，这种心智状态、心智功能，一触及世间万物，就莫不碰撞出火花。只要有一点舞文弄墨的兴趣、冲动与技能，自然而然就可以产生出有点意思的散文随笔了。虽说舞文弄墨也是一种专门技能，需要培养与操练，但对于弄西学的人文学者来说，整天在世界文库里打滚，耳濡目染，这点技能是可以无师自通的。况且，人文学者于散文更有自己的优势，毕竟，他的知性是向全人类精神文化领域敞开的，他的目光是向全世界各种事物投射的。其散文随笔的题材，自是更为丰富多样，投射观察的目光自是更为开阔高远。而得益于世界各种精神文化的滋养，其可调配的颜色自是更为丰富多彩：说不定，也许我们这个时代有意思的散文随笔正是出自学者笔下呢，学者散文实不容当代文学史家忽视也……

不能再说下去了，再说下去就会变成"王婆卖瓜"啦，不过，我还是相信，这一辑学者散文也许能给文化读者多多少少带来一点不一样的感觉。

2012年5月

目录

在梁漱溟家过夜

2000年春天，边区联中老同学聚会。53年前大家曾在一间茅舍里读书，当年的少男少女如今已经变成白发翁媪了。吃饭的时候我同魏扬同学坐在一起，他忽然问我："你还记得游颐和园的事吗？"我马上想起来，回答道："当然记得。"两人抚掌大笑。

1950年深秋的一天，我同魏扬、周虎一起游颐和园。他们两人都没去过颐和园，只有我小时候去过。我带他们从知春亭出发，沿昆明湖绕了一圈，爬上后山，在一座小院前休息。小院前挂着一块"闲人免进"的牌子，院子里一点声音都没有。靠墙有一棵树，魏扬爬上树往院子里张望，说了句"里面没人"便翻墙跳了进去。周虎是爬树高手，也爬树翻墙跳进院里。两人在院子里喊："没人，快进来！"我也翻墙跳进去，两脚刚一落地，不知从哪里冒出两名公园职工，当场把我们抓住。一位职工问我们："看见门上的牌子没有？"我们身上虽有游击习气，但对明显的错误也无法抵赖。我们被带到石舫附近的公园管理处。管理处的一位干部问我们是哪个学校的，马上给学校打电话。我们老师说了很多道歉的话，并说回校一定严厉批评我们，这是我们回来才知道的，当时只听见管理处干部说："好吧，我们马上放人。"我们万万没想到管理人员会如此惩罚我们：他没立刻放我们，跟我们聊了半天，还让我们跟他们一起吃晚饭，直到8点钟静园后才放我们。我们走到大门前，只见大门紧闭，周围没有一个人，只得往回走。起初东走走西走走，还觉得蛮有诗意，有一种"倘使名园长属我，躬耕原不恋吴江"的感觉。天渐渐黑下来，诗意变成不安，我们到哪儿过夜？周虎说他舅公梁漱溟住在颐和园，可以到他那儿过夜。可梁先生住在哪儿？无人可问，只好敲住人小院的门。两次被警卫员赶走，第三次敲出一位妇女，态度和蔼，告诉我们这是柳亚子先生的住宅，梁先生就住在石舫旁边，我们总算找到过夜的地方了。敲开梁先生的家门，周虎通报姓名，我们被带进北房，见到梁先生，记得他上身穿着白布对襟褂子，下身穿着白裤子。等他问清我们为何"晏夜来访"时，哈哈大笑，连声说："勇敢！勇敢！"他大概还说了些别的话，但我已记不得了。他让服务员把我们带到东厢房睡觉，第二天清早，我们对服务员说了一声就走了。这是我第一次见到梁先生，他同我们待了不到半小时。

以后再没见过梁先生，也没有他的消息。1954年听说梁先生犯错误了，说什么"工人在九天之上，农民在九天之下"，受到毛主席的批评。直到1977年《毛选》第五卷出版，我才读到《批判梁漱溟反动思想》一文，比我听到的尖锐得多。对梁先生的批判是因为他在政

梁漱溟

协上的一次发言引起的，我在《梁漱溟全集》中找到这篇发言稿。梁先生最后一段话是这样说的：

> 过去20年的革命全在于发动农民，依靠农民。依靠农民革命所以成功在此，而农民在革命中亦有成长，但进入城市后，工作重点转移到城市，成长起来的农民亦随着到了城市。一切较好的干部都来做城市工作，此无可奈何者。然而实在……今天建设重点在工业，精神所

关注更在于此。生活之差别工人九天，农民九地。农民往城里跑，不许他跑。人力财力集中都市，虽不说遗弃吧，不说脱节吧，多少有点。虽然农民就是农民。对人民照顾不足，教育不足，安顿不好，建国如此？当初革命时，农民受日本侵略者，受国民党反动派暴虐，与共产党亲如一家人，今日已不存在此形势。（第七卷5~7页）

梁先生坦诚批评中共的农村政策，希望中共改正，在建国方面做得更好。不少与会者也是这样理解的，但梁先生的话激怒了毛泽东。毛泽东在中央人民政府会议听取彭德怀关于抗美援朝情况的报告后，不点名地批评了梁漱溟，并上纲上线到"不同意我们的总路线""就是帮助了美国人"的高度："有人不同意我们的总路线，认为农民生活太苦，要去照顾农民。这大概是孔孟之徒行仁政的意思吧。然须知有大仁政小仁政，发展重工业是大仁政。行小仁政而不行大仁政，就是帮助美国人。"（卷七16~17页）梁漱溟不服，给毛泽东写了几封信："听了主席的一番话，明白实为我昨日的发言而发，但我不能接受主席的批评，我不仅不反对总路线，而且是拥护总路线的。主席在这样的场合，说这样的话是不妥当的。不仅我本人受屈，而且会波及他人，谁还敢对领导党贡献肺腑之言？希望主席给我机会当面复述一遍我原来的发言而后指教。"（《梁漱溟回答录》133页）但梁漱溟的再次发言受到严厉的批判。

1983年，周虎带我到木樨地去拜见梁先生，梁先生已经很衰老了，但谈话仍很有精神。他谈的很多话我都记不清楚了，只记得他说："我的错误是让润之下不来台，但我的话没错。"

1988年6月我参加了梁先生的追悼会。那天下着小雨，我走进北京医院大门旁边的一间小屋，参加追悼会的大约40人，我鞠了三个躬便离开了。出门时看见小屋门楣上贴着一张旧报纸，上面用毛笔写了四个字：中国脊梁。不知我进门时为何没看见，我想很多人也未必看见。

话说张东荪

　　张东荪是何许人？七八十岁的老知识分子可能多少知道一点，再年轻的就未必知道了。如果70年前问我，我会不假思索地回答："张东荪是张伯伯。"张东荪与先君同庚，一同东渡日本，还曾同住在一间房间里。此外，张东荪的夫人是我姊母的胞姐，我堂兄一直住在张家。张伯伯有四个子女，长子张宗炳，著名昆虫学家；次子张宗燧是著名物理学家，据说上世纪二三十年代与爱因斯坦齐名；三子张宗颖精通英语，由于早婚，考上庚款却没能出国留学；女儿张宗烨健在，为中科院院士。张伯伯的三个儿子都比我大，我依次称为张大哥、张二哥和张三哥，女儿与我同庚，比我小几个月，我管她叫小妹。张东荪的长兄张尔田，著名清史专家，我称他为好爸爸。为什么这样称呼，我至今也弄不明白，大概随张家兄弟称呼吧，因为他们管伯父叫好爸爸。总之，我从小就认识张伯伯。他居住过的大觉胡同、东大地、朗润园和大城坊我都去过，但由于年龄的差距我对张东荪毫不了解。他见到我只摸摸头，好像没跟我说过话。

如果60年前问我，我会回答："张东荪是燕京大学哲学教授，北平和平解放立过大功。"1949年新中国成立前夕他来看过父亲，我也随父亲到过他家。张大哥住得离父亲近，也曾带着儿子看过父亲。1952年春天，我从学校回家，张伯伯正在同父亲谈话，我走进书房，叫了声张伯伯，父亲叫我出去。我走到书房门口听见父亲高声说："你不要再说'北平和平解放是生平第一快事了'，想想自己的问题，怎样才能过关。"张伯伯说："志先，我听你的，我听你的。"我知道张伯伯出事了，检查通不过。但为什么他爱说"北平和平解放是生平第一快事呢"，为什么作检查，又为什么通不过呢？我那时刚入大学，吸引我的新鲜事很多，没再留意张伯伯的事。后来又听说张东荪是美国特务，向燕京大学老校长司徒雷登出卖抗美援朝的情报。回来问父亲，父亲回答："我也不清楚，东荪不会这样糊涂，你不要问了。"父亲似乎不相信张东荪是特务。直到最近读了戴晴女士的力作《张东荪和他的时代》才解开我心中的疑惑。有些事如她不写我永远也弄不清楚。

张东荪是五四后中国著名学者兼社会活动家。哲学家牟宗三先生说，五四时期没有哲学家，五四以后有三位：熊十力、张东荪和金岳霖，因为他们的学说都成系统。牟先生的看法是否正确姑且不论，但从中可以看出张东荪的学术地位。能与熊十力和金岳霖相提并论的人并不多，熊先生和金先生的大作我没读过，张东荪的书我不仅没读过，甚至没见过，但读过他著作的片断，多半是批判他的时候引用的。今天看来，张东荪的很多预言都为50多年的实践所证实。张东荪专心著书立说，大概是1930年秋天从上海迁到北京时开始的。燕京大学校长司徒雷登邀请他和乃兄张尔田一起到燕京大学任教，此前他在上海主持《时事新报》。1917年张东荪接手《时事新报》，他先抨击时弊，后渐转为介绍西方哲学，柏格森的《创化论》就是他翻译并在报上连载的。他又增编对中国文学影响深远的《时事新报》副刊《学灯》。《学灯》先刊载外国文学译著，1919年后开始发表国人的创作。张东荪聘请宗白华编《学灯》增设的《新文艺》版，郑振铎编文学副刊《文学旬刊》。《学灯》为当时的文学青年提供了发表作品的园地。郭沫若的《凤凰涅槃》就是在《学灯》上首次发表的。茅盾用白话文翻译的一系列短篇小说也发表在《学灯》上。郁达夫的《银灰色的死》和徐志摩的《告别康桥》也都发表在《学灯》上。后来的共产党领袖张闻天和毛泽东不仅是《时事新报》的读者，也是撰稿者。可以说毛泽东那时就知道张东荪了。1921年毛泽东写道："现在国中对于社会问题的解决，显然有两派主张：一派主张改造，一派则主张改良。前者如陈独秀诸人，后者如梁启超、张东荪诸人。改良是补缀办法，应主张大规模改造。"（《毛泽东文集》第一卷）

　　1949年1月初，解放军围困北平的时候，毛泽东在给林彪的电报中写道："……转告傅作义派有地位的能负责的代表和张东荪一道出城到你们那里来谈判。"张东荪是著名哲学家，1941年太平洋战争爆发后，燕京大学被查封，他被日本人逮捕，在日本人面前表现得大义凛然，受到知识分子的敬重，他的话在当时比共产党人的言论更令知识分子信服。于是毛泽东想起了张东荪，请他作为和谈的见证人，张东荪就这样参加了解放军与傅作义的和谈。请张东荪参加和谈是毛泽东提出来的，但傅作义并不认识张东荪，介绍他们认识的是北平第一任市长、中国大学校长何其巩先生。何先生与傅作义是北伐时期的老朋友，与张东荪不时诗词酬和。何先生在北池子88号何宅宴请傅作义、邓宝珊和张东荪。我问过何其巩的后人那天的情形，她告诉我他们都在厨房吃饭，什么也不知道。但见过何其巩事先写好的一副送给傅作义的条幅：山穷水复疑无路，柳暗花明又一村。

为保护北平的文物古迹和人民的生命财产，张东荪以64岁的高龄积极投入和平谈判。1949年1月7日张东荪和傅作义的代表周北峰冒着严寒越过封锁线，抵达平津前线司令部所在地——蓟县八里庄村，聂荣臻司令员接见了他们。聂司令问出城前傅作义向他们交了哪些底？周北峰回答傅先生表示了几点想法：平、津、塘、绥一齐解决；平津解决以后能否允许其他报纸发行；军队不用投降或在城内缴械方式，采取分批调出城外整编方式。聂司令又问傅作义能否命令蒋系部队出城。周北峰认为中下级军官多为傅的人，傅能控制。张东荪接着说，傅作义已打不下去了，但他要面子，得让他体面投降。傅先生派他们来是希望尽快达成和平协议，以免北京毁于战火，百姓遭受涂炭。聂司令把谈话内容电告中央，9日中央复电："……傅作义派人出来谈判，具有欺骗人民的作用，并有张东荪在场，故我们应注意运用策略……你们应与周北峰讨论实行此条的具体办法，逼傅在12日开始实行，使张东荪看了认为我方宽宏大量，完全是为保全平津人民的生命财产而出此……如张东荪不愿久待，即可派车送他来中央所在地，并派人妥为照顾。"

9日双方开始会谈。解放军方面参加会谈的有林彪和聂荣臻，傅作义方面是周北峰，张东荪也参加了。周北峰提出六个条件。林彪根据中央军委来电，谈了中共方面的意见。聂荣臻分析了当前形势和平津战局："傅先生除放下武器，把文化古都北平和工业城市天津保全下来，为人民做些好事，别无出路，希望傅先生早下决心，当机立断。"10日下午双方就军队出城改编、城市管理、人员安排进行最后磋商。解放军苏静处长整理出一份《会谈纪要》，并强调傅作义在14日以前必须答复。林、聂在《纪要》上签字，周北峰随后也签了字。《纪要》放在张东荪面前，请他签字，但张东荪拒绝了："我是民盟成员，代表不了傅作义将军，只能在你们双方之间充当调解人和见证人。我这次不回城里了，打算返回燕京大学，而后启程去石家庄拜见毛泽东主席。"张东荪见证了《会谈纪要》草签的过程，认为自己做了件了不起的大事，得意洋洋。返回燕京大学的当天晚上，张东荪在燕大礼堂作了著名的《老鼠与花瓶》的演讲："北平是个花瓶，傅作义是瓶子里的老鼠。老鼠是可恶的，人人都想消灭它，但它却躲在一个精美的花瓶中；既要消灭老鼠，又要不打碎花瓶，就不得不采用和平方式，用和谈的办法解决。"朋友们纷纷写诗赞扬张东荪的功绩，他把这些诗以《围城题记》为标题，亲手抄录下来，并写了后记，准备留给子孙。他写道："戊子冬，北平围城。余与刘厚同、赵少伯、彭岳渔、张丛碧倡议罢兵，以保全人民古物。以余为双方信任，使出城接洽。当时虑或不成，栗栗为惧，乃幸而一言得解。事后友人义之，有此题咏颂。余亦自谓生平著书十余种，实不抵此一行也。因装成幅，留示子孙。东荪自识。""一言得解"，得意之情溢于言表。张东荪不仅在知识分子眼中增加了威望，在民盟中的地位也上跃升到第三位，仅次于张澜和沈钧儒。1949年9月30日被选为中华人民共和国中央人民政府委员。张东荪此时有些飘飘然了。新中国成立后不久，父亲到燕大东大地（燕东园34号）去看他，我也去了。午饭后，他上楼睡午觉，把父亲撂下不管。尽管是多年老朋友，这样做也算失礼。父亲倒不计较，带我到成府街遛弯，回到张府张东荪才从楼上下来。

毛泽东虽说过："北平和平解放，张先生第一功。"但在内外政策上，两人的看法存在着巨大的差距，或者说，完全对立。张东荪不赞成"一边倒"的对外政策，认为不能忽视西方，特别是美国，应与美苏保持同等关系。张东荪虽不一概反对革命，但对革命有自己的理解："以增产而求平均，并非仅以再分配而求平均……这其间区别甚大，因为均贫富既非增加生产总量，并且同时对于增加生产的努力进行上反是一个妨碍，故必须力避此种过激而有害的举动。须知凡是一个革命，如果只把经济上的不平等用再分配的办法来平均一下，其结果并未使生产总量有所增加，这个革命终归失败。"张东荪这些见解，毛泽东听了未必高兴，但在召开政治协商会议的前夕，不便当面批驳。也许那时在毛泽东的心里就产生教训张东荪的念头了。张东荪拜见毛泽东回家后，对家里人说，在石家庄西柏坡见到毛，话不投机……毛大谈梁启超，并说外交上将"一面倒"。

到1952年思想改造运动，张东荪就难过关了。2月8日在小文学院礼堂作检查。从来没有作过检查的人是作不好检查的。他们不理解作检查就是为了通过，而不是真心自我反省。张东荪的检查分三部分：第一，作为哲学系主任，没把哲学系办好，有做客思想；第二，对校务不大关心，开会不到；第三，对"骂人团"不理睬，让他们闹得自己翻船。他承认自己受到资产阶级学说的影响，是唯心主义的俘虏，喜欢马克思，但反对辩证法。这样的检查当然通不过。2月29日举行全校教职员工批判张东荪大会。章诒和的文章记载：在这次大会上，有两个人的发言引人注目。一位是担任燕大教务长的翁独健，另一个就是已经调到历史系并有权代表历史系教师发言的翦伯赞。翁独健，这个哈佛大学毕业的大蒙古史专家的发言太令官方失望了。总共不到200字，讲了不到五分钟，只希望张东荪"低头向人民认罪"。翦伯赞就不同了。章诒和写道："他的讲话辞锋凌厉，暗含杀机，指认张东荪所谓的'中间路线'完全是幌子，思想上是'一贯反苏、反共、反人民'的……翦伯赞列举了以下事实作例证：一、张东荪在1931年出版的《道德哲学》一书里，就说'资本主义不会灭亡，共产主义不能实现。如实现则劳动者就会饿死'。又说'把马克思主义列为学说，乃人类之奇辱，是思想史上的大污点'；二、在1934年出版的《唯物辩证法论战》一书里，张东荪说'马克思派的企图不但不会成功，其结果只弄成既非科学又非哲学的东西，终谓四不像而已'；三、1946年出版的《思想与社会》一书里，张东荪说'无产阶级专政是不民主的，结果必变成少数人的专政，而绝不是无产阶级专政。'"翦伯赞的发言给张东荪的历史问题定了性——反苏、反共、反马列主义。会场群情激奋，振臂高呼"彻底肃清反动亲美思想！""马克思列宁主义万岁！"等口号。这时一位揭发者走上台，展示张东荪在《唯物辩证法论战》一书上的亲笔题词："如有人要我在共产主义与法西斯主义二者当中选择其一，我就会觉得这无异于选择枪毙还是绞刑。"会场哗然，仿佛爆炸了一颗炸弹。其实这句话不是张东荪说的，而是英国政治理论家柯亨的话，张东荪抄录了，说明他赞成柯亨的看法。张东荪自然又过不了关。

张东荪的问题驻校工作组处理不了，上交北京市委。北京市委请示中央统战部，统战部把张东荪转交给民盟中央。民盟认为张东荪的问题属于思想和言论反动，并没有反对共产党的行动。民盟副主席沈钧儒向中共统战部部长李维汉建议，让张东荪请假回家反省，李维汉表示同意。沈对张说："不妨不动，请假反省。"这时毛泽东发话了。他在彭真呈报的材料上批示："送来关于学校思想检讨的文件都看了。看来除了张东荪那样个别的人及严重的敌对分子外，像周炳琳那样的人还是帮助他们过关为宜。"周炳琳自然顺利过关，而张东荪在民盟总部接连检查了四次仍通不过，民盟主席张澜不得不过问了。张澜约李维汉和统战部副部长徐冰一同拜见毛泽东。张澜说："东荪先生的问题还是从缓处理为是。"李维汉代毛讲出张东荪的要害："我们不能和这样的坏人合作。他出卖了国家情报。"毛说，这样的人，坏分子张东荪，我们不能坐在一起开会了。并做出定案结论：辞职，既往不咎，按人民内部矛盾处理，养起来。张澜得知张东荪还有一个重大情节没有交代，即通过美国间谍王志奇向美国出卖抗美援朝的情报，大吃一惊，立即告诉了张东荪的夫人。

王志奇是个神秘的人物，我从未听说过。我堂兄知道有个姓王的与张东荪一起办过报，张东荪受他牵连。他就知道这一点，连王的名字也想不起来。1941年太平洋战争爆发后，张东荪的学生姚克殷被日本宪兵队抓进监狱，王志奇与他同号。王告诉姚，自己是因与苏联沈阳领事关系密切而被捕的，并吹嘘自己有钱，社会关系广泛。他们先后出狱后，姚克殷把王志奇介绍给自己的老师张东荪，并对张东荪说："可以与王合作。"抗战胜利后，张东荪与姚克殷在北京办了一张小报《正报》，王志奇知道后解囊相助，后担任《正报》副社长兼经理。但王的资助很快就停止了，《正报》不得不因经费不足而停刊，王志奇也消失得无影无踪。旧政协闭幕后，国内形势不仅没缓和，反而紧张了。王志奇又出现了。他对张东荪说，先前只与苏联有关系，现在通过妻妹，与美国也搭上关系。接着王又消失了，再次出现已经是北平解放之后了，以后他不断被捕又不断被释放，总之，行踪十分诡秘。但张东荪仍与他保持联系。1949年秋冬的一天，王志奇告诉张东荪，美国准备打第三次世界大战，麦克阿瑟正在部署。张东荪担心中国成为美苏交战的牺牲品，心中十分不安，请王志奇如有重大消息一定要告诉他。张东荪问王志奇能否把他的意见转达给美方：第三次世界大战打起来，千万不要打中国。美方应当阻止蒋介石反攻大陆，不要让国民党进来。民主党派当中谁可以充当中美之间的调停人。王在张东荪的桌子上看见中央政府会议印发的材料《国家预算收入和商农所占的比例》，可见张东荪对王志奇信任到何等程度。不久张申府告诉张东荪，王志奇因欠款被扣押，张东荪立即叫长子张宗炳出面把王志奇保出来。王志奇表示感谢，送张家四吨煤。1950年秋中国政府决定向朝鲜派志愿军。张东荪从会上得知，各民主党派将于11月3日发表宣言，支持志愿军入朝作战。2日晚上，张东荪约见王志奇，劝他尽快离开北京，因为中美即将成为交战国，无法再传递消息。张鼓励王继续在政治方面（非情报方面）努力，一定设法让美国不把中国当成敌人。王志奇离开北京，全家迁往香港，希望张能给他推荐一个在香港帮他翻译材料的人，张将上海的熟人朱高融推荐给他。朱到香港后，王叫他翻译情报，又不付薪水。朱不愿译情报，认为翻译情报是下流工作，并断定王是骗子，1950年从香港回来。1951年春天，王志奇又出现在北京，他说刚从香港来，住在张申府家，得到政府特许，做进出口生意。但几句话后，他又探询张东荪对朝鲜战争的看法，并暗示他仍有渠道把民主人士的意见转达给美方。张东荪终于觉察此人是骗子，请他赶快离开。这是张东苏与王志奇最后的一次见面，此后王志奇便永远消失。这大概就是"张东荪出卖情报案"的案情了。从此张东荪成了坏人。

张东荪这样的坏人岂能再住在燕东园，他从住了十几年的燕东园34号搬到校内朗润园178号，燕东园的小楼让给别人。这段时间张东荪的生活相对平静，与外人往来稀少，闭门读书。我堂兄1952年在我们家举办婚礼，记得那天张东荪也来了，这大概是他遭受批判后第一出门做客。他心情看来不错，一直笑眯眯的，记不得他说过什么话了，但记得这是我同他最后的一次见面。马寅初离开北大后，张东荪也被清出北大，工资关系转到北京市文史馆，但一家仍住在朗润园。反右运动结束后，他不能在北大校园内容身，搬到北大东门外大城坊37号一座大杂院里，几家住户共用一个厕所，用水从胡同里提。张家提出安装自来水，学校满足了他们的要求。张东荪就在这座大杂院里迎来了自己的八十寿辰。第二年文化大革命开始了。在疯狂的年代，抄张东荪的家是情理之中的事。据张东荪的孙子张饴慈回忆："凶徒前来翻抄的时候，祖父站在一旁一动不动。骂他反共、反革命，他任凭他们骂去。唯当那些人骂他'汉奸'，81岁的老人猛扑过去，用头撞他们，要和他们拼命。"1968年1月，张东荪和长子张宗炳同一天被关进秦城监狱。张东荪被关进监狱一两个月后，我从天津河北大学牛棚溜回北京。我到了成府街，突然想看看张伯伯。我不知道他是否在世，张家住在哪里，也无处打听，灵机一动，去找成府一家理发店，进去问刘师傅还在不在。刘师傅走出来，尽管已经苍老了很多，但脸上的麻子还在，我断定他就是40年代给父亲、张东荪等教授理发的刘师傅。我问他知道不知道张东荪家的地址，他说知道，有两个月没给他理发了，并把我带到张家。张家住北房，我推门进去，一眼就看见张伯母，张伯母也马上认出我来。年过古稀的张伯母并不显老，还是我最初见她的样子，她对我说张伯伯被几个军人带走了。军人发现家里有件美军皮猴，拿起来厉声质问皮猴是哪里来的，张伯伯说和谈的时候林彪赠送的，军人赶紧恭恭敬敬放下皮猴。张伯母忽然骂起我姆母来，骂她没有良心。其实姆母一直挂念老姐姐，几次要来看她都被我堂兄阻拦住，在那人人自危的年代哪还有亲情呢。张伯母叫我等大华（张宗烨）回来，我身为"牛鬼蛇神"，溜回北京，岂敢在美国特务家久留？没等大华回来我就向张伯母告辞。一生相夫教子的善良的女人在这几间破旧的屋里住了30年。

张宗烨以母亲的名义给周恩来写信，不敢提丈夫张东荪，只讯问儿子张宗炳的下落。这封信竟神奇般地落到周恩来手中，周恩来批准张家可以到秦城监狱探监。这时张东荪已转移到复兴医院。张宗烨陪着母亲赶往复兴医院，这对恩爱的老夫妻终于见面。张东荪对妻子说："林彪出事了。"张伯母说："别瞎说，好好的。"张东荪说："你不用瞒我，我看得出来……还是我对。""还是我对"指的是中美建交。这时中美建交的《上海公报》已经公布。

张宗炳是著名的昆虫学家，美国康奈尔大学博士，北京大学教授，1968年与张东荪同日被捕。这位单纯、天真、待人和蔼可亲的张大哥在监狱里被逼疯了。张宗炳1973年出狱，儿子张怡慈记得："……他已整成神经病。发病的时候，同时装成两个人：一会儿是审判员，横眉怒目；一会儿是犯人，可怜又无奈。那时家里已经没有房子，他回来就和奶奶住大城坊——他在病中只相信自己母亲一人。"他在老母亲的精心看护下渐渐康复。1981年公安部给张宗炳做了结论，否定特务嫌疑，并补发了关押期间的工资。张大哥在张家兄妹中给我的印象最亲切、随和。每当在电视上看到农作物害虫成灾的时候，我便想起他。如果他参加灭害虫，以他的学识和才智，定能发挥积极作用。

次子张宗燧1969年底不堪凌辱服安眠药自杀，终年54岁。张宗燧是著名物理学家，剑桥大学毕业生，曾在剑桥开课，恐怕是第一个在剑桥开课的中国人。他是中国科学院学部委员。张宗燧是卓越的科学家，但对中国政治一窍不通。比如毛泽东说"美帝国主义是纸老虎"，张宗燧就不同意毛的论断，说美国的科学非常厉害。遭到同事批驳后，他辩解说："如果非要说美帝是纸老虎，那也是厚纸做的。"毛说"工人阶级必须领导一切"，他说："工人阶级不能领导科学研究。"总之，张宗燧与当时的政治环境格格不入，难以生存。《中国大百科全书》有张宗燧条目，对他的科学成就给予很高的评价。我与他最不熟，只见过一两面。还记得他在中山公园来今雨轩举办婚礼的情景，张宗燧一身笔挺的西服，新娘傅小姐身穿深色旗袍，两人款步走向亲友，向大家致谢。

三子张宗颖是我见面较多的人，1946年在张家口解放饭店还同他见过一面。他在我的纪念册上写道："英年小弟愿你长得又高又大，志气也高大。"那年我12岁。张宗颖的问题是所谓"电台问题"，"文革"期间天津革命群众逼他交出电台。这个问题公安部门早已做出结论，不是敌台。电台是他表姐夫林嘉通的，用来收听新华社广播，太平洋战争爆发后，怕日本人查出，早已毁掉了。张宗颖交不出电台，与妻子双双自杀，时年46岁。

张家第二代健在的只有张宗烨院士一人，也已垂垂老矣。我的纪念册上也有她写的话："我们要做好儿童，将来努力为国争光。"她实现了儿童时代的理想，在高能物理方面做出卓越的贡献，为国家争了光。

张家的第三代我就完全不熟悉了。

长忆吴牛喘月时

2001年秋天，我应邀到俄罗斯海参崴市远东大学汉学系执教。12月的一个夜晚，内子从北京打电话来，告诉我史学家漆侠先生去世了。消息来得突然，我顿时惊呆了，一股悲痛涌上心头。我穿上大衣，走出宿舍大门，想一个人在海边走走，但被猛烈的寒风赶了回来。我在宿舍的吸烟室里踱来踱去，回想起"吴牛喘月"的日子。

1966年我与漆侠先生同在河北大学执教，他在历史系，我在外文系。他是著名的宋史专家，50年代出版的《王安石变法》被史学界公认为具有很高学术价值的专著，并被译成日文和俄文。我则是外语系俄语词汇教师，1965年才发表第一篇文章《屠格涅夫小说"前夜"人物谈》。我写这篇文章是受到钱谷融先生的文章《"雷雨"人物谈》的启发，1999年见到钱先生的高足王晓明先生，请他代为转达对钱先生的敬慕之意，晓明先生说最好我亲自向钱先生表达。但我始终没有拜见钱先生的荣幸，只好在这里表达了。

　　"文革"前我同漆先生并无交往，我知道他，他并不知道我。在一次全校大会上，一位外语系的教师指着坐在前排一个戴眼镜的人说："他是漆侠，河北大学唯一能上《人民日报》的人。"我后来在校园碰见他便特别留意。他个子很高，身材清瘦，额头特别宽大，戴着一副黑框眼镜。后来又听说他是范文澜的得意弟子，1953年从科学院历史三所调到河大来的。

　　1966年6月我和漆侠先生都是第一批被揪出来的"牛鬼蛇神"。他是反动学术权威，宣传翦伯赞的让步政策，我则反对中央"文革"，有人揭发我1958年著文骂姚文元打棍子，吹捧赫鲁晓夫。我的确写过一篇文章反驳姚文元，其中有"应说理，不应打棍子"之类的话，但文章并未发表。至于我吹捧赫鲁晓夫，我在课堂上称赞赫鲁晓夫的话都是教材里的话。我看出同红卫兵无理可讲，只得低头认罪，免受人身侮辱以至皮肉之苦。漆先生的处境似乎好一些，因为副校长让他写文章批判吴晗和翦伯赞，说是"以毒攻毒"。不久副校长也被揪出来了，漆先生和我一起打入劳改队。我们个子一般高，红卫兵让我们担一根扁担。我们从花房担花盆，我把花盆往我这头移一点，漆先生发现后一定要移到当中。走到无人的地方，漆先生便问我是哪个系的，我告诉他在外语系教俄语词汇课。他听说我是学俄语的，便问我最喜欢俄国哪位作家，我说偏爱果戈理，漆先生说他读过鲁迅先生翻译的《死魂灵》。漆先生对俄苏文学不大熟悉，但著名的作家他都知道。每天一起干活，渐渐便熟了，互相增加信任。一天中午休息的时候，漆先生悄悄对我说："注意增加营养。身体可是革命本钱啊。"我说学校食堂里牛鬼蛇神只能买最便宜的菜，漆先生用头指指校外，我立刻明白他的意思。我到校外"下馆子"，点好菜，吃得开心，心里感谢漆先生的"点拨"。但好景不长，很快被红卫兵发现，当场挨了一顿批斗，学报上也登出揭发"漆侠等牛鬼蛇神只在校外大吃大喝"罪行的文章。漆先生对我说，我们大意了，得离学校远一点。我们便到离学校远一点的地方去，照吃不误，没再遇见红卫兵。

1967年红卫兵忙着打派仗，学校又从天津迁至保定，革命干部和红卫兵小将都不满意学校搬迁，没心思管我们了。劳改队改为学习班，名存实亡，我们由牛鬼蛇神变成逍遥派。这年夏天我同漆侠经常接触，有一天他突然来找我，气愤地说，他刚跟军宣队吵了一架，把帽子往地上一摔，对他们说："我老漆也不是没名没姓的。"为什么事吵架已记不清了。他看我正在看一本俄文书，问我什么书，我说是1952

年出版的《果戈理传》。他说你应当自己写一部,从俄文书里找材料,书里的注便是寻找材料的引子。作者使用其中的一部分,他未使用的材料未必无价值,你可以找出来使用。他建议的方法我以后使用过。读某篇评论文章,作者引用别人的话,注明出处,我根据出处,找出作者引用的书刊,仔细阅读,却有他未引用过的珍贵材料。漆先生问我读过古文没有?我说读过《古文观止》里的几篇,还读过《战国策》《左传》和《史记》的注释本,但一篇也不能背。他又问诗词呢?我说能背几首。他问我喜欢哪个诗人,我说喜欢义山的诗和小山的词,他听了哈哈大笑。漆先生说学外文的人往往缺乏国学基础,这最要不得,外文再好充其量不过是个洋人,所以学外文的人一定要学点古文。这些话现在听起来不算什么,但那时上起纲来不得了:牛鬼蛇神厚古薄今,抗拒改造。

傍晚我们常常到保定市郊的农田散步,那一年特别热,一到田里便脱下背心,赤膊交谈。漆先生称之为"吴牛喘月"。他说:"这种局面不可能长久,学问决不能丢,你写你的果戈理传(我并无此意),我写我的宋代经济史。中国需要文化。"接着他说,"我不明白打倒一个刘少奇为什么要砸烂全国党组织。"我也想不明白。他告诉我他是如何从历史所调到河北大学来的，他在历史所深得范文澜赏识，有时早上他还没起床范老便到宿舍来了，掀起被子叫他起床。范老还请他到家里吃饭，不少文章都由他执笔。他看到所里某些出身好的党员业务水平稀松，写不出文章来，但整起人来却个个是好手。他向范老反映过，范老批评他自高自大。他说当时不了解范老的苦衷，现在才明白，不少人都有背景，得罪不起。他那时年轻气盛，在一次会议上忍不住了，说道："党员都是菜包子，干活还靠我老漆。"这句话放在1957年肯定划为右派。话虽然是1953年说的，那时还没有右派一说，但得罪了所里的党员。范老考虑到他在历史所再待下去，必然会受到打击，便把他调到河北大学。1966年范老去世，漆先生悲痛不已，请求到北京参加范文澜同志追悼会，遭到红卫兵一顿责骂：你算什么东西，还想到北京参加范文澜追悼会？

管制一松，漆先生又开始读书了。我每次回北京，他都让我找他的老同学张守常先生替他借书。他开的书目都是我不熟悉的，所以一本书名也没记住。他为节省时间，就在靠近宿舍的学生食堂吃饭。他读书非常快，一摞书几天就读完了。我问他怎么读得这么快？他说只看他所需要的材料，找到便抄下来，其余部分便跳过去了。在他的影响下，我也读起书来。我从李白研究专家詹瑛那里借来《聊斋》三注三评本，静心细读。心想身为牛鬼蛇神，就与鬼狐为伍吧，他们比红卫兵可爱。夜晚读累了，便到漆先生宿舍转转，总见他埋头抄写，他见到我常说，再读几百本就可以动笔了。他独居保定，万师母留在天津，生活极为不便，但从未听他抱怨过。儿子燕生有时到保定看他，两人便挤在一张单人床上睡觉。

山东大学魏晋南北朝史郑佩欣教授到保定来看我，他是我多年老友，曾一起下放到青岛李村劳动锻炼。我带佩欣见漆先生，他们一谈如故，佩欣在保定时，漆先生几乎每天到我宿舍来，以后他们联系非常密切。漆先生对佩欣评价很高，佩欣对漆先生严谨的治学态度和卓越的学术成果非常佩服。但有一次佩欣对我说，史学界翦伯老的文字最好，著作易于流传，有的史学家功力深厚，材料扎实，观点新颖，但文字不大好，是很吃亏的。不知他是不是暗指漆先生属于吃亏的一类史学家。

我调到北师大后同漆先生仍有来往。1980年我把翻译的《果戈理是怎样写作的》一书寄给他，没有接到他的回信。第二年，我又翻译出版了《回忆果戈理》，这次是让我在河北大学读研究生的侄女带去的，没想到漆先生对她说："告诉你叔叔，要写书，不要译书。"这一方面说明漆先生对我期望过高，另一方面也说明他不理解翻译的辛苦。此后有一段时间没有联系，听说他在筹建宋史研究所。1998年我到保定看他，宋史研究所已成立，漆先生任所长。我径直去宋史研究所，漆先生见到我非常高兴，马上对秘书说："把牌子翻过来！"翻过来是：今日不办公。漆先生请我到大白楼吃饭。他谈到研究生水平太低，读古文困难；评定职称弊病很多，往往同党政职务挂钩，系主任和总支书记容易评上，他为一名研究生的分配同校长吵了一架。后来我听人说，漆先生要把这名研究生留在所里，但学校留了另一位。漆先生找校长，对校长说，要不留他看重的研究生，"我老漆走人！"校长说："我可以走人，漆先生可不能走。"他看重的研究生留下了。我带了两本随笔集给他，他说在报刊上看过我写的文章，"写了些新东西"，算是他对我文章的评价。他不满意我写随笔，更不赞成我翻译书，一定叫我写专著。我实在没有能力，漆先生批评我怕吃苦，我确实懒散成性，不能像他那样勤恳治学。现在我也不认为辜负了漆先生的期望，因为原本不是那块料，能写几本随笔，译几本书，也就知足了。漆先生不懂外文，不知道翻译的甘苦，对翻译有偏见。

　　一年后，我再度到保定看漆先生，他显得虚弱，从宿舍到研究所，中间都要在椅子上休息一会。这次我才知道万师母双腿截肢，不能自理，漆先生也不能回天津照看她。漆先生很热情，又让秘书把牌子翻过来。他读了我写的《重提贝利亚》，问我有关贝利亚的事，他自己说得少了。当晚又在大白楼宴请我，在饭桌上说好两年后给他过八十大寿，谁知这次见面竟是诀别，再也听不见他那山东口音很重的言谈和嘴角上微露出的嘲讽的笑容。

他的《宋代经济史》早已出版，没送给我，我只有一本他"文革"期间送给我的《王安石变法》。我和漆先生共同经历了中国历史上最黑暗的年代，并建立起友谊。漆侠先生严谨的治学态度永远是我学习的榜样，但我永远也成不了他那样的学者。漆先生，别责怪我，安息吧。

掉了皮的纪念册

济南《老照片》的编辑向我要老照片，我说没有，"文革"期间都烧毁了。编辑让我找一找，万一有"漏网"的呢？我只好翻箱倒柜，但仍一无所获，却意外地找到我的一本1943年的纪念册，已无封皮，同普通的小记事本一样。翻了一下，早已忘却的往事涌上心头，把我带回少年时代。

1941年先君蓝公武从日本宪兵队放出来，全家便从城内北沟沿庚28号搬到城外成府街红葫芦2号。日本宪兵队的拷打并没使父亲屈服，依然宣传抗日，并誓不与当汉奸的朋友往来。全家靠典当度日，把王揖唐以老朋友的身份送来的米面倒在街上。他的抗日爱国行动受到华北知识界的敬佩。

父亲要看报，但没钱订报，只好看朋友们订的报。我上午到成府街一家店铺取报，他看完后我下午再送给订户。我送了半年报，直到离开北平。

走出红葫芦胡同口，便看见永远坐在小酒馆门前的掌柜郭大胖子，他有个弟弟叫郭二胖子，替燕京大学的学生员工搬家。郭氏兄弟虽算不得燕大名人，但可以算燕大的一道风景线，燕大不少师生至今还记得他们。拐过小酒店便是槐树街了，顾名思义，街两旁都种植着槐树，夏天每棵树上都挂着几条"吊死鬼"。我一边捉"吊死鬼"一边往前走，先到陆志韦先生家。陆先生是著名心理学家、语言学家，担任过燕京大学代理校长。我按铃，开门的多半是陆太太，但她并不接报，慈祥地把我让进屋里。陆先生走过来接报，同我没什么可谈的，摸摸头或给我几颗小孩弹的玻璃球，这些玻璃球可能是他孩子们弹过的。陆先生有四子一女，我记得他们的名字，但不知怎么写，只会写老三陆卓元的名字，因为他在我的纪念册上画过一幅水彩画，上面写着："文泰（我那时的名字）小弟留念。卓元1943年7月22日。"陆先生除和蔼外没给我留下其他印象，但我记住陆太太脚上穿的一双绣花鞋。1952年我在王府井大街遇见陆先生和陆太太，陆先生非常客气，客气到谦卑的地步，握着我的手上下摇摆。我低头看陆太太的鞋，仍然是绣花红鞋，不过已经很旧了。陆先生告诉我他在语言所工作，并给我留下地址，但我没去看望他们。我当时是进步大学生，岂肯与司徒雷登的同事交往。现在回想起来当时实在幼稚，还有几分内疚，以后再没见过这对慈祥的老夫妻了。

再往前走一段路就是郭绍虞先生家了。郭先生是燕京大学中文系主任，研究中国古典文学的第一流学者。但那时我对他的学术成就一无所知，他的《中国文学批评史》我20年后才翻阅过。我记得郭先生夏天衣服穿得很少，仿佛赤膊。郭先生同样慈祥，接过报并不同我说什么，有时摸摸我的头，郭伯母倒同我说话。他们有三个女儿一个儿子，女孩子们都比我大，我称她们为姐姐，小儿子郭泽宏与我同年，我们能玩到一起。但同他玩与同其他小伙伴玩法不同，不到河边捉蜻蜓或到圆明园摘酸枣，只在屋里画画，大概郭伯母不让他到外面玩。那时街上贴着日本人的宣传画《第五次强化治安》，"皇军"的刺刀指着两个小人："共匪和奸商"。我们便画一个中国人，刺刀指向"日本和伪满洲"。姐姐们有时过来看看，夸我画得比泽宏好，泽宏便不高兴了。我的纪念册上有两位姐姐写的话："文泰弟：愿你永远保持着天真孩子的心，并永远可爱。以宁，1943年2月14日。"以宁是二姐。"文泰小弟：愿你天真活泼的性格永远存在世上，愿你努力读书将来为国争光。之翰志于故都，1943年2月14日，黄昏。"之翰是三姐。从笔迹上看，两位姐姐已经是高中生了。她们现在何处？早已事业有成，儿孙满堂了吧。还记得我这送报的小弟弟吗？1977年我陪一位先生到上海访问郭先生，郭先生接待了我们，仍那样慈祥，但比我送报的时候苍老多了。我坐在那儿，希望他认出我来，但他没认出来。我终于忍不住了："郭先生，您不认识我了？"他不好意思地说："年纪大了，开会时认识的年轻朋友记不清了。""郭先生，我是您住在槐树街时候给您送报的小孩啊！""啊，你是……"他想起送报的小孩，却叫不出我的名字。"蓝公武先生的孩子？"说着拉住我的手。我有很多话想对郭先生说，问问郭伯母、姐姐们和泽宏的情况。但访问者问个没完，我是陪他来的，不能喧宾夺主。访问的时间过长，郭先生显得疲倦了，我们便匆匆离去。郭先生没挽留我，也没再摸我的头，只握了握手，以后再没见过郭先生。偶尔在朋友家看到郭先生写的条幅，我便后悔不迭。我若求郭先生一幅字，他肯定会写的。

我的纪念册里还有张宗颍和张宗烨写的话。宗颍是张伯伯（张东荪，我从小就管他叫张伯伯）的第三个儿子，写的是："愿你长得又高又大。文泰小弟留念。宗颍书。2月7日。"字写得漂亮。"文革"期间张三哥和张三嫂双双自杀。宗烨是张伯伯的小女儿，与我同岁，写的是："文泰兄留念：我们要做好儿童，为国家民族争光荣。妹宗烨。1943年2月7日。"小孩的字体。她叫宗烨，可我们都管她叫大华。宗烨是著名物理学家，中科院院士。她是张伯伯晚年唯一在世的子女。我见过张伯伯多次，但对他了解得却极少。北平解放后我亲耳听他说过："北平和平解放生平第一快事！"言下之意他是出过力的。他曾担任过林彪和傅作义之间的联络员，把林彪的意思传达给傅作义，再把傅作义的答复转告林彪。张伯伯对自己的作用有几分得意。1950年我随父亲从城里到燕大东大地34号看他，他吃过午饭说要休息，撇下老友径自上楼了。父亲便到红葫芦旧居看望老房东，等张伯伯睡醒午觉继续谈话。1952年听说张伯伯出事了，他来看父亲，连连说："志先，我听你的。"这也是我亲耳听见的。这是我同张伯伯最后的见面。

我的纪念册里没有陆先生、郭先生和张伯伯写的话。我根本没想到请他们写，如果请他们写他们也许会写几句。我的纪念册上就有比我大得多的杨明照先生选录的张华的诗："水积成渊，载澜载清。土积成山……选录张华励志以治。文泰小友。明照。壬午孟春。"上面盖了印章，并贴着照片。还有杨太太写的"自求多福"，上面还贴着他们夫妻抱着的一岁多小孩的照片。杨先生英姿勃发，杨太太憨厚可亲。杨先生的诗我自然看不懂，但字体工整有力，我非常佩服。杨先生是陆先生、郭先生和张伯伯的晚辈，我见他的时候不过三十几岁。杨先生现在桃李满天下，我的朋友便是他的高足。

  我翻阅纪念册，回首往事，深感人生苦短，须臾间，连我这个送报小孩也步入老年。

怀念蒋路

蒋路同志逝世已经九年多了，他的音容笑貌至今仍浮现在我眼前。他大概因为耳朵背，同人说话的时候，右耳总靠近说话的人。他说话的声音很响，特别是打电话的时候，声音格外浑厚。

上世纪80年代后期，我看到出版社出书越来越从经济效益出发，一些有文学和历史价值的书出不来，而满足读者不健康趣味的书却成泛滥之势。我给蒋路打电话，发牢骚，说现在没法译书了，想译的书没人出版。他显然与我有同感，但还是为出版社辩解了几句，送我两句话：只管耕耘，不问收获。

这是他治学的格言，他的《俄国文史漫笔》和《俄国文史采微》就是他这条格言的实践。当然，还得付出辛勤的劳动，他多次穿越半个北京城到北京图书馆查资料。凌芝夫人写道："晚年他将历年积累的治学心得加以耙梳归纳、字斟句酌写成《俄国文史漫笔》。这本书倾注了他近十年的精力，被他视为最爱。无论从史学、构思或文笔角度看，篇篇都闪烁着作者的智慧。有时为了补充或核实一些资料，不顾自己年事已高，不管酷暑还是严冬，他和我乘坐公交车去国家图书馆，一去就是一天。"

1997年收到他寄来的《俄国文史漫笔》，他打电话说，这些文章都是离休后写的，请我读后提意见。"请提意见"这类话现在不过是客套话，不能当真，但我知道蒋路却不是随便说的，他真诚地希望我对他的文章提出意见。我认真阅读后，写了一篇文章，发表在《博览群书》上。我打电话告诉他，他这本书是难得的好书，涉及俄国文史方面许多重要的事件和人物，而这些事件和人物往往又是正统文学史略而不提的，如民粹派、哥萨克和民意党女侠索菲亚等，书中有不少真知灼见。但读者未必多，因为书中讲的都是留里克和罗曼诺夫两个王朝的事，没有一定俄国文史知识的人，不一定读得下去。如果在上世纪五六十年代，我自己也未必读得明白，那时我对俄国历史很不熟悉，连罗曼诺夫王朝的朝代也排不下来。1989年到苏联教汉语后才拼命补课，即所谓"恶补"。我说把《博览群书》给他寄去，他一定不让我寄，说他儿子可以买到。他在任何一点小事上都不愿给人添麻烦。我说去看他，他回答住得太远，天气热，不要来了。

我看他并没有什么事，知道他不喜欢无事拜访，便没有去。

2000年人民文学出版社纪念建社50周年，我应邀参加，一进会场就看见蒋路，他从前排走过来同我热情握手。他瘦得厉害，但精神很好，我还以为这是通常说的"老来瘦"呢，说明他身体不错。吃饭的时候他招呼我到他那里去，他旁边坐着绿原，前面是梅志。记得他告诉我，社里一位他赏识的女编辑准备搬入老年公寓，但他觉得住老年公寓未必合适，但又不知如何劝阻。这是我与蒋路最后的一次见面。

蒋路的名字我早就知道。1947年我所在的中学转移到阜平县陈南庄，在山坡上开设了一间简陋的图书室。我借了一本《奥斯特洛夫斯基传》，以为是《钢铁是怎样炼成的》的作者的传记。读了才知道不是，而是另一个奥斯特洛夫斯基，俄国大剧作家。这本书的作者名字我忘了，却记住译者蒋路的名字，上世纪50年代读过他翻译的屠格涅夫的《文学回忆录》和车尔尼雪夫斯基的《怎么办？》。我对前者的兴趣大于后者，特别是屠格涅夫对果戈理的回忆，那时我正迷恋果戈理。我不喜欢备受赞许的《怎么办？》，结构杂乱，作者不过是借形象和情节阐述自己的政治观点而已，但蒋路对两本书的注释非常详尽，令我佩服。我那时天真幼稚，也动了翻译念头，很想向蒋路请教，但连他在哪儿工作都不知道。

光阴荏苒，1977年春天福建师范大学组织"鲁迅序跋研讨会"，我和蒋路都参加了，在那次会上我才见到心仪已久的蒋路。1977年是万物复苏的年代，搁笔已久的学者、作家和翻译家个个摩拳擦掌，跃跃欲试，都想为文化事业上作一番贡献，所以来自出版社的人备受欢迎。蒋路是著名的翻译家，人民文学出版社的资深编辑，国家出版社的代表，身边自然围绕着很多人，我无法同他接近。我倒拜访过住在二楼两端的林辰先生和戈宝权先生，他们是以鲁迅博物馆顾问的身份来参加会议的。戈宝权先生告诉我他有《果戈理是怎样写作的》原文版，回北京后我从他那里借来，并把它译成中文，1980年由天津人民出版社出版。蒋路住在几层楼、哪间房间我都不知道。

研讨会散会后，不知谁组织部分与会者顺路访问浙江大学，游览西湖，其中有我和蒋路。在杭州我们同住一室，有了接触的机会，傍晚我们沿着西湖湖畔散步，谈起俄国文学。我说爱读作家回忆录，比如老阿克萨克夫写的《我与果戈理相识始末》，让我了解果戈理所处的时代和他在日常生活中的表现。蒋路对回忆录也很感兴趣，他说也想读这篇回忆录，不知收在哪本书里。我告诉他收在1952年为纪念果戈理逝世100周年而出版的《同时代人回忆果戈理》一书中，我有这本书，他要看我可以借给他。我们谈得很投机。回北京后没再联系，我没有到出版社找过他。一次看内部电影《悲惨世界》，在电影院门口与他相遇，他请我翻译库普林的中短篇小说。他说南京大学有意翻译库普林的作品，并寄来选目，但他觉得我更适合翻译，说到这里电影开演了，我们一同进去看电影。我有点惊讶，因为他对我的水平不了解就约我译古典作家的作品，有点冒险。我对他还不了解，觉得他在电影院门口说的话未必可信。几天后他把库普林作品三卷集和一本库普林评传送到我家。他那时住在苏州街，我住在南池子，没有顺便的公交车，他是走来的，一个六十几岁的老人拎着四本洋装书是很吃力的。他说："你先译《冈布里努斯》，我准备收入《俄国短篇小说选》，然后再译其他小说。《摩洛》要译，其余由你选。'冈布里努斯'是音译，没查出什么意思。"我译好《冈布里努斯》交给他。他看后叫我到出版社去，把稿子还给我。我发现稿子改动得很少，只用铅笔改了几个地方，并指出"跳舞"的"舞"并未简化为"午"。他说稿子可用，后面的译稿他不看了，译好后交给责编姚民有即可。字体娟秀清晰，凡见过蒋路字的人都知道。他问我还译了哪几篇，我说译了《阿列霞》，他要我把

《阿列霞》交给他。这篇小说收入文学小丛书，1980出版，一次就印了10万册。这是我与蒋路接触的开始，接触多了，对他有了更多的了解。

蒋路的职务是编辑，有人说他是学者型的编辑。这种评价并不全面，学者只是他的一个方面。蒋路是深邃的思想家、眼光远大的出版家、知识渊博的学者、卓越的翻译家和诲人不倦的教师。他为人谦和，埋头工作，不喜欢抛头露面，很少参加俄苏文学界的活动，所以同他接触不深的人，未必了解他真正的价值及他为中国出版事业作出的卓越贡献。在他领导下工作过并深受他影响的艾珉女士，写到她同蒋路的一次对话：

"在社会发展过程中，究竟是社会科学还是自然科学对社会的推动作用更大？"艾珉问蒋路。

蒋路回答道："按说，这两者应是相辅相成的关系。但不可否认，任何社会变革都需要舆论作先导，自然科学的发展也需要扫除观念上的障碍，这一点，欧洲历史是最好的证明。"他接着说，"欧洲近代文学中有许多东西会对我们的传统观念形成冲击，这对我们是有好处的。中国历来是帝王崇拜、祖宗崇拜，很容易产生迷信和盲从；不像近代欧洲的价值观，把人的独立自主精神、创造精神、开拓精神看得很重要……一个健全的社会，本应把尊重人、爱护人、充分发挥每个人的聪明才智作为社会的基本准则，可惜在很长一段时间里，许多人类思想精华被当成垃圾抛弃了。"

蒋路想把欧洲文化精华引入中国，像五四时期的先行者们把"德先生"和"赛先生"引入中国一样。他把出版事业看成实现理想的手段，立足点就高出大多数编辑。他翻译《怎么办？》和卢那察尔斯基的《论文学》以及积极参加《外国文学名著丛书》《外国文艺理论丛书》和《马克思文艺理论丛书》的编辑工作都是抱着这样的目的。

蒋路知识渊博，治学严谨，凡是与他接触过的人都能感受到。艾珉说："有一天，我遇上一个有关俄国历史的细节问题，在饭桌上请教了蒋路，他的回答明确清晰，在我看来这个问题已经解决了。没想到第二天他又捧出一部大书，专门把我找去做了一番详细的讲解，态度之认真令我大受感动，这才明白老编辑们原来是这样工作的。"一年春节前，我得了四头漳州水仙，我知道蒋路夫人凌芝喜欢水仙，便给他们送去两头。那时我刚读完他们夫妻合译的《巴纳耶娃回忆录》，发现他们把抹大拉的马利亚译成马格大林纳了，我对蒋路说了。蒋路顿足道："这是编辑改错的。自己不懂，又不肯查工具书，连郑易里的英汉词典里都收入了。"他翻开郑易里的词典给我看。接着他强调从事外国文学翻译的人一定要有《圣经》和希腊神话的知识，不懂就要学，起码遇到问题知道到哪里去查。蒋路是《欧洲文学史》的责任编辑，艾珉说："北京大学当时主管《欧洲文学史》工作的罗经国老师告诉我，看了蒋路加工的《欧洲文学史》稿，他们都感动得说不出话来：整部书稿改得密密麻麻，所有史实或细节，他都已核实订正；结构欠合理处已重新调整，有的段落甚至改写或重写。在他们看来，蒋路远不止是编辑，而且是重要作者之一，可是他们请他参与署名时，蒋路却坚决谢绝了。"蒋路对《欧洲文学史》的校订已经充分说明他的欧洲文学史知识何等丰富。此外他还担任过《瑞典文学史》和《捷克文学史》的编辑工作，他加工后的《捷克文学史》，判若天渊，质量上有极大的提高，致使编者看后非要他署名不可，他当然又谢绝了。熟悉欧洲大国的文学史已属不易，而对瑞典和捷克这样小国的文学史同样如此熟悉，我想不出第二人。蒋路编辑周扬翻译的车尔尼雪夫斯基《生活与美学》就充分表现出他甘愿为人做嫁衣裳的可贵精神。凌芝在《蒋路文存》编后记中写道："《生活与美学》的译者周扬主动提出请蒋路将他这本由英文转译的旧译本根据俄文校订。这种吃力不讨好的事情往往被人视为畏途，如同改造一幢旧房屋，既要用新材料表现现代感，又要最大限度地保持原有的风貌，这实际意味着比重译一遍还难！可是蒋路做到了。尽管由于年代的久远和当事人的离去，许多细节已渐渐暗淡起来，责编蒋路究竟为这本书的再版付出了多少心血也变得无关紧要，重要的是这本书获得了新生。成稿时，连俄文版书名《艺术与现实的审美关系》也恢复了它的原貌。周扬看了改文，十分满意，主动把'蒋路校'三个字写在他名字后面，却被蒋路毫不犹豫地勾掉了。后来周扬再一次把他的名字写进后记，结果照样被勾掉了。此书出版后周扬接见蒋路，问他有什么要求可以帮他解决，蒋路什么要求也没提。"这件事蒋路也跟我谈过，我再补充几句。他说几乎每个句子都要重译，可为了照顾周扬的面子，不得不保留周扬的某些词句，这是最费劲的地方。为此他绞尽脑汁。蒋路认为周扬译文的错误是可以被谅解的先行者的错误。周扬表示不要稿费，稿费归蒋路，但蒋路还是把稿费退回去了。周扬不知如何表示感谢，请蒋路吃了一顿饭。

人民文学出版社出版了《巴尔扎克全集》《托尔斯泰文集》《普希金文集》和《高尔基文集》等世界文豪的文集或全集，编辑程文说："这都堪称是人民文学外文部乃至全社的支柱工程。蒋路同志是这些工程的总设计师和主任工程师之一。"而这些文集和全集都是在蒋路离休前完成的。他分秒必争，组织人力，制订编译体例，在离休前了却自己的心愿，蒋路是当之无愧的总设计师。上面这几句话，不能全部概括蒋路所做的工作。

在图书出版过程中，谁担任责编是成败攸关的问题。蒋路独具慧眼，善于识别人才，不问资历，大胆任用他所信任的编辑。艾珉1975年调入出版社，不能算老编辑，蒋路让她担任《巴尔扎克全集》的编辑。陈馥女士80年代从新华社调入人民文学出版社，可以说是个新编辑，蒋路委任她编辑《托尔斯泰文集》。这两套丛书就出自两位令人尊敬的女编辑之手。蒋路不仅敢于使用新人，还热情帮助他们。艾珉写道："记得我接受《巴尔扎克全集》的任务时，颇有些思想负担，这么大的项目，做砸了这么办？于是我坚持要蒋路复审。蒋路为我复审了《全集》的前三卷，期间对我的指点和启发，让我终身受益无穷……对于译稿，只要有一丝费解之处，他都要求重新核查原文，以避免理解上的错误；对于编辑加工，他要求顺应译者的文风，与原译完全融为一体；至于注释，他要求务必处处为读者着想，不但要使读者通过注释加深对作品的理解，还要尽可能帮助读者扩大知识面，了解西方的历史与文化观念。"蒋路对译文的要求，对译者的尊重，恐怕没有人持疑义，但今天恐怕也没有人能做到。

我与蒋路讨论过作"注释"的问题。我说有些译本，读不懂的地方译者不注，读得懂的地方反而注，令人啼笑皆非。他说注释应当像辞书的条目，概括地阐明事件或人物的主要特征。如注人物，决不能仅注生卒年月，而要点出这个人最主要的方面，但字数又不能多，所以作注绝非易事。那时我们打算办个培训班，我请蒋路去讲如何作注释的问题，他勉强答应了，后因经费不足没有办成。我到他家表示歉意，看见他桌上摆着用工整的字体写好的讲课提纲。

今天有多少外文编辑像蒋路那样对待编辑工作呢？说绝对没有未免主观，但说少而又少是不争的事实。不少编辑不懂外语却担任外文编辑。有的找他认为外语很好而实际上很差的人审阅，不但不能提高译稿质量反而糟蹋译稿。有的编辑根本不看译稿就发排，制造出大量劣质译文。我们过多批评译者，却放过编辑和出版体制，因此刹不住劣质译文潮水般的涌现。不从源头整治，永远解决不了问题。

蒋路非常重视培养出版事业合格的接班人，他用人只看才能和工作态度，不看政治身份。他所看中的人有党员，也有非党员。蒋路非常赏识陈馥，她文学修养深厚，中俄文水平很高，但她像我们通常说的，属于"政治上不开展"的那类人，在新华社的时候还被错划为右派，到出版社以前没做过编辑。到出版社不久蒋路就让她担任《托尔斯泰文集》的编辑，对她十分信任，约稿、校改和退稿都由她全权负责。只有她遇到困难，才帮她解决。《托尔斯泰文集》出版后，蒋路满意地笑着对她说："没想到托尔斯泰文集竟出在你手里。"艾珉和陈馥虽进入出版社的时间都不算长，但都是中外文造诣很深的人，与刚出大学校园的人完全不同，蒋路对前者的要求严格得多。对后者主要是培养，先干一年校对，再到编辑部见习。

我渐渐与人民文学出版社的编辑们熟了，有时路过出版社便上去坐坐，喝杯茶。一天我到编辑部，冯南江先生正在谈论《日瓦戈医生》，一口咬定没有俄文版，各国的译本都是根据西班牙文转译的，大家都不说话，因为没人知道有没有原文版。我说有原文版。冯南江说："你见过？"我说："何止见过，我有原文版《日瓦戈医生》。"蒋路听了吃惊地问："你真有？"我说明天拿来给大家看。

我真有《日瓦戈医生》的原文本。1958年我下放到青岛郊区李村镇劳动锻炼。在山坡上休息的时候，公社通讯员送来《人民日报》。打开一看，一则苏联作家协会开除帕斯捷尔纳克会籍的新闻引起我的注意。说来惭愧，我这个中国人民大学俄语系毕业生竟不知道帕斯捷尔纳克是何许人，苏联专家讲文学史的时候只讲社会主义现实主义作家，如高尔基、法捷耶夫和马雅可夫斯基等，不讲帕斯捷尔纳克。不知道更好奇，我给远在美国的叔叔写信，请他寄一本《日瓦戈医生》来。我叔叔是上世纪20年代留法学生，后来就留在法国，1946年考入联合国秘书处担任译员，由于我父亲的关系1949年回国看望长兄。总参三部请他购买科技书，不直接寄给他们，而寄给我，我收到后通知他们，他们来取。《日瓦戈医生》就同科技书一起寄到北京。书是密歇根大学出版社出版的，封面是一棵果实累累的大树被烈火焚烧的样子。"文革"时期我被打成牛鬼蛇神，随时都有被抄家的危险。这本书被抄出来还得了，烧了又实在舍不得。我把它摆在最显眼的地方，夹在马恩列斯俄文版的著作当中。红卫兵再无知也不敢抄马恩列斯的著作。果实下的烈火可以解释为世界革命的熊熊大火。《日瓦戈医生》就这样逃过"文革"一劫。

我把书带到人民文学出版社，编辑们见了都很惊讶。蒋路当场拍板翻译，并指定由我翻译，当时不订合同，口头同意就行了。我说一个人翻译不了，蒋路说那你就再请一个人吧。我请人民教育出版社的张秉衡老先生合译，老先生欣然同意，我们便干起来。帕斯捷尔纳克是诗人，诗人写的小说很难翻译。我们埋头翻译，不理会社会上发生的事，这时一场轰轰烈烈反对精神污染的运动开始了。蒋路不管当代作品出版的事，由另一位副总编辑主管外文部。我找他，他不说停译也不说继续译，态度模棱两可。我找蒋路，他说还是继续翻译，运动迟早会过去。我们松懈了，时译时停。运动很快过去了，出版社又积极起来，每天打电话问进度。我们像上了弦的发条，拼命翻译，出版社还嫌我们进度慢。孙绳武先生带着三个编辑到我家来，在日历上划了一道，说这天必须交稿，译好一部分就派人来取。我们按期交稿，责编程文先生干脆住在印刷厂，边看边发排，从交稿到出书只用了一个月时间。这样赶译当然无法保证译文质量，以后这本书一再印刷，我做过小的文字修改，但无法重新校订。我决定终止合同，重新翻译，这也是受蒋路的影响。蒋路翻译的《怎么办？》在1953年出版，以后又出版过两次。我向他要过，他说已通知外国古典文学名著丛书编委会，不再印刷，手头没有了。他请陈馥重新校改，并对她说不要有顾虑，就像她通常校改译稿那样校改。陈馥是极认真的人，把《怎么办？》从头到尾校改了一遍，蒋路非常满意。现在不会有高人替我校改，只好自己重译了。我早已过了"随心所欲，不逾矩"的年龄，能做到吗？

1989年我到苏联教汉语，课余时间到高尔基图书馆看书，看感兴趣的书，做札记，没有"收获"的想法。回国后在董乐山先生的"催逼"下，我把这些札记陆续在《读书》《博览群书》等杂志上发表，后以《寻墓者说》为书名结集出版。我寄给蒋路一本。他很高兴，打电话说："你从翻译家变成作家了。"这句话是他随便说的，但我想起三年前他对我加入作协的冷淡态度。有人介绍我加入作协，需要两个人签名，我兴冲冲找蒋路，没想到他态度非常冷淡，他说："加入作协没什么意思，你要加入，我可以签名。"我很扫兴，便找了戈宝权先生。20多年过去了，现在我觉得蒋路的话太对了。

蒋路为人极其低调，谦虚和蔼，但他身上有股鼓舞人向上的力量，与他接触较多的人都有这种感觉。蒋路培养过多少人，帮助过多少人，我说不清楚，但我非常清楚他是我的引路人。

童　年

　　我的童年是在北平海淀成府街度过的，那时海淀算郊区，进城要坐一段火车。我小学三年级便辍学了，父亲不让我受奴化教育。上午姐姐有时教我算术，父亲偶尔也教我读几页书，其余时间便都玩了。出家门，穿过一条约200米长的狭窄的胡同，我们便来到田野。胡同口有个土岗子，上面长满各种树，对于一个从市内迁移来的10岁孩子，简直是个乐园，光这个土岗子就有无穷的魅力。春天榆树上长满"榆钱儿"，我们爬上去一边摘，一边吃。"榆钱儿"是榆树开的花，有许多花瓣，吃起来清香有甜味。摘回去的则给外婆拌在玉米面里蒸窝头，蒸出来的窝头甜丝丝的，非常好吃。还有小热热和屎壳郎呢。小热热是蝉的一种，体小，没有知了那样黑，叫声也没有它响亮，只在初夏才有，趴在树干上，用手便能捕捉，顺着它的叫声，悄悄走到树跟前，一把便把它按在树干上。小热热很多，捉起来又不费事，我们并不拿它当回事。屎壳郎雨后才出现，它前面常推个"屎球"。我们把它捉住，用"细敏"（高粱干皮）编一辆小车，套在它身上，它拉几步便翻过来，几条腿乱蹬，我们看了哈哈大笑。大人们说屎壳郎脏，我们很快便不捉它了。

向前走不远，便是一条流入清华园的小河。这条河如今仍在，但已经一点也不吸引我了，当年它却给我带来过无穷的乐趣。单说河边的老琉璃（蜻蜓）吧，就有十几种。什么轱辘钱、老架宝、红青椒呀，什么丹刚、老子儿、蓝子儿呀，它们的学名叫什么，我至今仍不知道，只记得它们都是非常美丽的蜻蜓。其中最大的是后三种，有我们巴掌那么大，我们捉的也就是后三种。最有意思的是"招"老琉璃。用细线拴在一只老琉璃翅膀之间，另一头系在短棍上，丹刚在河上飞过时，我们便用系在短棍上的老琉璃"招"它，口里还哼着我们自己编的曲子。那只老琉璃渐渐向我飞来，我便用手里的这只引它转弯子，越转越低，那只老琉璃扑在我的老琉璃翅膀上，而我已转到草地上，把那只老琉璃捉住了。那时心里快活极了，把捉住的老琉璃夹在手指间，左手可以夹三排，每排三只，我一下午能捉九只大蜻蜓。

这条河虽小，但鱼却不少。有大眼贼、白条、鲫瓜子、屎瓜皮、泥鳅等等。钓竿是自制的，鱼线和鱼钩则是在成府街小铺买的。蚯蚓必须挖桥下烂泥里的，只有这种细蚯蚓鱼才爱吃，太粗的鱼不咬钩。坐在歪脖柳树下，眼睛盯着浮飘，浮飘动了，从浮飘的上下摆动上，我们便知道什么鱼在咬钩。浮飘突然下沉，慢慢拉钓竿，一条鲫瓜子钓上来了，我高兴得把世界上什么事都忘了，心里只有这条在空中拼命晃动的鱼。

其实，胡同口的土岗子上就有蟋蟀，但我们看不上。那里最多的是油葫芦、老米嘴和棺材板，是蟋蟀中的劣种，不善斗，我们不稀罕。要捉蟋蟀还得上圆明园，圆明园才有好蟋蟀呢，不止有蟋蟀，还有金钟和金铃。它们大概也属蟋蟀的一种，只是躯体比蟋蟀小。把它们捉回家，放入玻璃缸里，我们晚上便可以听它们发出柔和而又清脆的声音。我听过不少昆虫的鸣声，但都没有金钟和金铃的声音好听，又像摇铃，又像击钟。我已经半个世纪再没听到它们的鸣声了，甚至怀疑这种昆虫早已绝迹。提到圆明园，不能不说摘酸枣，坍塌的乱石间长满酸枣树，我们不费劲便能摘一书包。你正摘着，抬头一看，前面的一棵挂满红艳艳的酸枣，比你摘的这一棵还要好得多，心里快活得不得了，赶紧过去摘，手腿都被酸枣刺划破了。这是孩子的快乐，童年的快乐。

我亲戚的外孙多多今年9岁，他的童年跟我的童年就不一样了。多多父母是白领，收入丰厚，望子成龙心切，想把儿子培养成全才。孩子七八个月时，星期日便送他进培训班。我感到惊奇，不会说话的婴儿能培训什么？原来教他学爬。

从托儿所到小学还有很多名堂。今年多多上小学三年级，我把他一周的日程排个表，看看他是怎么度过的。星期一至星期五：早上6点40分起床，7点30分到校。上午上四节课，吃午饭。下午1点30分上课，上两节。这两节课上完，困难班还要补课。虽说困难班补课，但全班同学几乎都参加。下午5点10分下课，回到家里差不多5点半了。一回家马上做功课，一直做到吃晚饭。功课很多，晚饭后还要做，10点钟才能睡觉。星期六和星期日更忙。社会上办了很多补习班，如奥数班、外语班、语文班，还有钢琴、二胡、手风琴、书法、美术、舞蹈和围棋等班。多多星期六上午上奥数班，下午上外语班。星期日上午学乐器，下午学美术书法。我问多多，是他一个人上这么多班还是别的同学都上？他说同学都上。我问他最想干什么？我期待他回答："玩儿！"可他却仰起小脑袋，认真地说：像爷爷一样：退休！然后一本正经地问我，他还有多少年才能退休。这意想不到的回答让我吃惊，我苦笑着说："还有50年！"他失望地低下头，重重地叹了口气。可怜的孩子们，生活没开始就想退休了。你们还会不会玩儿，会不会淘气？你们爬过树吗？知道怎么钓鱼吗？分得清蟋蟀和老米嘴吗？你们的童年没有童年！年轻的父母们，留出点时间让你们的孩子多玩儿玩儿吧！不要剥夺他们应当享受的童年乐趣！

拉里莎，你好吗？

　　1989年9月，我应苏联国家教委邀请，到苏联海参崴市远东大学汉学系教授汉语。我乍到异邦，很多地方不习惯，吃饭就是难关。戈尔巴乔夫上台后，苏联经济状况不断恶化，商品匮乏，尤其是食品，副食店货架空空如也，海参崴居民的生活水平一落千丈。教研室主任博洛京娜对我说："您现在就像瞿秋白当年那样，经历《饿乡纪程》。"

　　1989年苏联人的生活水平当然不能同1920年比，但比勃列日涅夫的"停滞时期"差得多。进学校食堂先得排队。我到苏联新学的第一句话就是："哪位排在最后？"拿着塑料托盘依次排到食品柜前，金发碧眼的女服务员给我一份份地往托盘上放菜，面包自己取，然后再到收款处算账付款。饭厅里虽然有座位，但早已被学生占满，只得站着吃。最让我受不了的是没有蔬菜吃。买水果吧，都是从中国运来的，不是不熟的便是半烂的，都是我在国内不吃的。没办法，只好去买，可等我下课去买时，早被苏联人抢光了。

　　到远东大学后，在我结交的第一批苏联朋友中，便有图书馆管理员拉里莎。我每天到阅览室看报，同管理阅览室的拉里莎渐渐熟了。拉里莎毕业于远东大学英语系，人逾中年，风韵犹存，她对我非常热情，甚至允许我把报纸带回宿舍看。有一次我对拉里莎抱怨没蔬菜吃，她同情地望着我，什么也没说。第二天我去看报的时候，报纸上压着一个罐头瓶，里面装了半瓶蔬菜。此后她每天都给我带半瓶蔬菜，她不值班的时候，我去看报时，蔬菜瓶压在刚到的报纸上，一连几个月都如此。一个外国人这样关心我，我着实感激。蔬菜种类不断变化，有胡萝卜、西红柿、茄子还有蕨菜。我原想他们吃什么就分给我一点，但蕨菜不是苏联人通常吃的菜，副食店里虽有，但由于价钱高无人问津。她家如何吃得起蕨菜？她的生活状况如何？我很想知道。冬去春来，半年过去了，我对她家所知甚少，只知道她有一儿一女，丈夫在列宁格勒美术学院读研究生。

　　这时已经有苏联朋友请我做客了。我初次走进苏联知识分子家庭。他们住房条件都很差，多半是两室一厅，但面积很小，约30多平方米。卧室兼客厅，靠墙摆着一张宽大的沙发床，白天推进去坐人，晚上拉出来睡觉。远东大学副校长的住宅也如此。副校长是汉学家，她要到中国曲阜参加孔子讨论会，叫我帮她准备发言稿，所以我到过她家几次。与其说帮她准备，不如说代她捉刀。我把她的一点肤浅的想法用汉语写出来，然后我们坐在沙发上，我一句一句教她念，还替她录了音，她自己跟着录音练习。她丈夫是海员，商船上的大副，有两个女儿，大女儿是我的学生。他们的生活水平比普通教师好得多，因为她丈夫像所有海员一样，从日本贩运汽车。一次，她丈夫喝多了酒话多，得意地对我说，他们的船每次从日本回来，都运回十几辆日本人报废的汽车。日本人要报废汽车还得交钱，他看见日本人往报废站开车便截住，让他们把汽车开到苏联船上。日本人免了交钱，何乐不为，而他们会得到报废汽车。由于他有这种本事，船长看重他，船员爱戴他，船员们把报废汽车中最好的两辆一辆给船长，另一辆给他。他这些话让当副校长的妻子很难堪，让他住嘴，可这二百五不但不听，反而朝她喊起来："不靠我的汽车，就靠你那点工资，让全家喝西北风呀！"弄得我很尴尬，装作听不懂他们的话。可副校长知道我全能听懂，更加生丈夫的气。

海参崴，包括纳霍德卡港，是苏联远东最大的港口，海员非常多，从日本运回来的报废汽车也非常多。说起来奇怪，汽车在日本报废了，可在苏联还能跑上几年。海参崴满

海参崴

街跑的都是日本汽车。偶尔有一辆苏联生产的"莫斯科人"或"拉达"夹在当中，像天鹅群里的丑小鸭。海员家庭生活比一般家庭好，这从衣着上也能看出来。我的穿戴漂亮的女学生家里必定有海员。

我每天都见到拉里莎，也把从中国带来的茶和其他小礼品送给她，她每次接受的时候脸上都现出惊喜。可她从不请我到她家做客，一个星期天我不请自去。她住在阿克萨科夫大街，得爬一段山路。我前面交代过，海参崴是座山城，很像青岛，原来是中国领土，1860年被沙俄侵占了。阿克萨科夫大街紧挨着果戈理大街，对面是杰尔查文大街和莱蒙诺夫大街。我心里想，俄国大作家怎么都集中到这里来了，想起他们的作品，想起阿克萨科夫对果戈理的崇拜，不觉来到拉里莎住的地方。门牌没错，就是找不到她的住所。问小孩，他让我往前走，走到围墙尽头就是。我走到尽头，才发现一间地下室。我按门铃，拉里莎穿着旧连衣裙出来开门，见到我有点惊讶，但马上客气地把我请进家里，我跟着她走下铁扶梯。这是一间相当大的房间，大概曾经是仓库吧，看来他们一家四口都住在这间大房间里。拉里莎一人在家，身边有一堆刚采摘回来的蕨菜嫩芽。蕨菜在中国和日本算名贵菜，在苏联菜市场也不便宜，但海参崴得天独厚，周围树林里有的是。春天采摘它的嫩芽，腌起来，冬天可以吃。拉里莎告诉我，她在别墅（实际上是自留地，每户都有）种的菜不够一家人吃，还得采些野菜。原来她每天送我的菜不是种的便是采的，一股暖流涌上我心头。她告诉我，她每月工资160卢布，丈夫读研究生，只领不多的助学金。儿子读中学，下课后在大学做木工，挣几十卢布，女儿在纳霍德卡半工半读，日子过得很紧。我的工资500卢布，比她高得多，我知道她这点钱不够用，想帮助她，但不知如何开口。我请她下班后教我俄语，每小时10卢布，每周三次。她听后笑了，说道："您的好意我心领了，可您的俄语我教不了，我还有别的工作。"我好奇地问她还有什么工作。她说每天打扫四间教室，一个月80卢布，加起来就240卢布了。后来我见过她打扫教室，她拎着一桶水，一遍遍拖地板，累得满头大汗。她的心愿是希望一家温饱，丈夫回来能找到工作，最好在远东大学任教。

我喜欢钓鱼，常常同朋友们乘快艇到海里钓鱼，鱼群在水下，鱼线要放到25米以下。随着季节的变化，鱼群也变化，春天是一种鱼，夏天又是一种鱼，而我们每次出海都能钓到十几条甚至几十条鱼。我在快艇上认识了谢尔盖，后来成为朋友。谢尔盖原是军医，列宁格勒医学院毕业，不知为什么复员了，复员后没有工作，只领250卢布的退休金。他妻子原是音乐学院教师，因耳疾失去工作，在他们住的楼里管理电梯（电梯坏了打电话找人修理），也能挣几十卢布。他们有两个上学的儿子，谢尔盖要养活一家人，一心想挣钱。他同几个海军复员军官成立了一家公司，同七台河市某公司做生意。双方经过艰苦谈判签订合同：七台河用苹果换他们的鱼。七台河按照合同把苹果运到海参崴，但苏联人始终没向七台河供应鱼，把七台河坑害苦了。那时中苏边贸互相欺骗是家常便饭。一天我到谢尔盖公司去，看见里面摆满苹果。谢尔盖见到我马上请我吃苹果，并送了我一箱。他们公司每人都分了一箱，仿佛是中国人慰问的。除谢尔盖外，从经理到职工谁也没想履行合同。谢尔盖想以此为起点，慢慢做大。但他不是经理，做不了主，只好同流合污。以后再没有中国公司同他们公司做生意，公司就此消失，谢尔盖只得另谋出路。谢尔盖是犹太人，犹太男人比俄国男人顾家，谋生办法多。他又做木材生意，向日本出口木材。但苏联政府禁止木材出口，他们便把圆木做成俄式木屋，卖给日本。这宗生意也没做下去，但谢尔盖赚了一点钱。总之，谢尔盖为养家糊口，什么事都想干。在他妻子去世后，我把他推荐给石油大学教俄语，教学效果极佳。

我在远东大学交的朋友都不是汉学系的，而是俄国语言系和历史系的教师。这与我在中国大学外语系任教，交的朋友都是中文系和历史系的相似，我同这两个系的教师更谈得来。远东大学语言文学系的老谢尔盖（与军医同名，故加"老"字，以示区别）教授便是我时常拜访的朋友，他比我稍长几岁，是远东大学著名教授，莫斯科出版过他的书。他住在百年大街，离学校较远，也是两室一厅的小单元。他书多，本来就狭窄的走廊摆上书架更窄了，穿过时小心翼翼。在国内我只在漫画家丁聪先生家见过这样窄的走廊。老谢尔盖的工资同我一样，老伴已退休，领取不多的养老金，按照苏联的标准，老两口不愁吃喝。可老谢尔盖仍在别的学校兼职、替报社审稿、在市作协任职，这些都是有偿劳动。有一次我们对酌，我望着他满头杂乱的白发，觉得他有点像贝多芬。他忽然长叹了一声，对我说："还得为儿孙做牛做马啊。"他有一儿一女，都已婚配，女儿离异，成了单身母亲。苏联有不少单身母亲，她们宁可做单身母亲，也不愿堕胎，老谢尔盖不得不帮助女儿。

我回国那年，苏联正从计划经济转向市场经济，每个成年公民都能领到一张私有化证券。卢布疯狂贬值，从1美元兑换4卢布，到20卢布，到40卢布，到200卢布，到2000卢布……今天俄国的霍多尔科夫斯基等金融寡头正是那时发迹的。我在国内为俄国朋友发愁，最让我放心不下的是拉里莎，她是我的俄国朋友中最弱的，她丈夫取得副博士学位后找到工作了吗？

5年后，1996年，我再度到远东大学执教，苏联已经变成俄罗斯了。我先去看拉里莎，她丈夫瓦列里已学成归来，但没找到工作，他是远东大学历史系毕业生，又学了艺术专业，可远东大学不聘请他。不聘请他是有道理的，他的俄国文史知识肤浅，还爱吹牛。他突然提出要讲中国文化，拉里莎恳请我跟汉学系主任说说，系主任同意他讲一次。他讲中国当代作家，在课堂上胡说八道，把李先念、薄一波都说成高玉宝那样的作家。我给他指出错误，他不但不感谢，反而说："就您听得出来。"我很恼火，讽刺他是"活着的经典作家"。没想到这家伙听了乐坏了，大声叫拉里莎："你听教授说我是经典作家呢！"拉里莎沉下脸，对我说："教授，您何必挖苦一个酒鬼呢？"瓦列里曾经是酒鬼，后来戒了，他回来后，家庭担子仍压在拉里莎肩上。我想帮她一把，把瓦列里介绍给中国商人开车，从海参崴到绥芬河接送中国人。有一次他接送七十七代衍圣公孔德成的弟弟孔德墉，孔先生大概很有钱，给了他500元人民币，他大喜过望，给拉里莎买衣服，还把饭店吃剩的菜带回来，一家欢天喜地。然而好景不长，不少中国商人待不下去了，他们对我说："跟俄国人没法做生意。"他们撤回国了。雇瓦列里开车的中国商人也打算回国，我请他把旧汽车留给瓦列里，他慨然允诺。瓦列里开着这辆车在街上拉客。瓦列里的"财富观"我不清楚，但我知道拉里莎的"财富观"仍是一家温饱。

这几年谢尔盖都干了什么，我不清楚，我再见他的时候，他仍在家赋闲，但生活有保障，还买了一辆汽车。他妻子不再管理电梯，因为电梯早已不能使用了。他把我拉到离海参崴上百里外的原始林，请我吃饭，出手大方，同瓦列里大不相同。五年后我同瓦列里第一次见面时，他问我的头一句话是："您有没有俄国钱？"我回答："有！"他喊了声

"乌拉"，马上跟我要钱买啤酒。俄罗斯从计划经济转向市场经济步履维艰，不懂得游戏规则，被美国记者称为"狂野和放荡不羁的资本主义"。一些精明的人士则利用私有化的机会趁火打劫。尤克斯石油公司董事长霍多尔科夫斯基是俄国首富，原来不过是莫斯科某区的共青团小干部。他看出私有化证券有利可图，便大量收购一般俄国人看不上眼的私有化证券，很快成为大股东，又几次倒卖股票，资产像雪球一样越滚越大。古辛斯基、别列佐夫斯基等金融寡头都是这样暴富起来的。金融寡头在俄罗斯人数极少，数得出来的只有七位。俄国几乎没有中产阶级，只有普通百姓和金融寡头，两者生活相差何止十万八千里。寡头们有了钱便干预政治，资助杜马中的反对派。霍多尔科夫斯基甚至觊觎总统宝座，向普京挑战，但都不是普京对手，个个败下阵来，有的逃亡国外，有的被拘留。

老谢尔盖的生活一如既往。女儿不再需要他的帮助，他也不再兼职，工资6000新卢布，老两口仍能过温饱日子，但要请人吃饭，老伴还得要动一番脑筋。2001年我第三次到远东大学执教，我的老朋友们变化都不大。拉里莎的外孙女已经是小学生了，女儿弗拉达也是单身母亲，并且没有工作。她虽然与父母同住，但经济独立，与父亲关系不好。从她穿戴打扮上看，日子过得并不坏，钱从哪里来的，我感到蹊跷。她的儿子到秋明油田去了。瓦列里的汽车已经变成一堆废铁，无法再拉客挣钱。他为远东大学校长临时写点东西，仍不是正式教师，如校长要访问韩国，他便赶写介绍韩国的书，书中的几幅插图分明是中国的。拉里莎的家庭负担轻了一些，但仍压在她肩上。她除仍然管理图书馆阅览室外，还有了新工作，替教师同学复印资料，她已步入老年，每星期六还来复印资料。谢尔盖仍时常请我吃饭，依然丰盛。我问他在哪儿工作，他说夜里给一家商店看仓库，每周三次，钱挣得比教授还多。他儿子米沙自费到中国学汉语，也说明他的经济实力不差。不久前米沙给我打过电话，告诉我父母安康，并转达了他们的问候。七年又过去了，我最牵挂的还是拉里莎，但没有她的消息。拉里莎，你生活得还好吗？

从论敌到师友

大约1994年，我写了一篇批评何满子先生的文章。何先生1993年9月17日在《南方周末》发表了一篇《索尔仁尼琴的跌落》的文章，断言索尔仁尼琴在俄罗斯已经跌落，论据是新闻报道中的一段话："……谈的是莫斯科的图书市场，除了可以想见的书籍的文化档次跌落，无聊庸俗的书刊充斥、古典文学作品被冷落之外，特别提到前些年人们钻头觅缝苦苦寻求的索尔仁尼琴的作品也无人过问，书架上摆着的几本都已封面灰暗陈旧，一派惨相了。"何先生据此做出论断，并引发出其他可谓上纲上线的论点。何先生说不想评论"索尔仁尼琴的政治倾向和艺术倾向，他的小说的美学评价"，只想指出索尔仁尼琴的作品已"被封面是裸体女郎和蒙面大盗的劣等书刊打得大败亏输，向隅而泣。"何先生认为索尔仁尼琴今天在俄罗斯人民心目中已失去往昔的地位，人们不再喜爱他、崇敬他、关心他和谈论他了，"俄罗斯人对这位美国荣誉公民的意识形态武器冷漠之至，无人过问。"然而事实并非如此。

这是我写的批评何满子先生的文章《也谈索尔仁尼琴》开头的一段。记得里面还有一句不客气的话"对自己不了解的事最好不要发表高论"，收入集子时删去了。文章寄出后，我感到不妥，对一位我所敬重的老先生的语气太强硬了。我告诉当时健在的董乐山先生，想听他说几句宽慰的话，没想到他说，何先生很厉害，一定会写文章反驳，你要做好心理准备，听了他的话我更加不安了。几个月以来我一直注意报刊，看看有没有他的反驳文章。一天在《出版广角》上看见他的文章，内容记不清了，只记得他提到我的话，大意是推荐我翻译的《果戈理是怎样写作的》，说这是一本"颇值一读的书"，从时间上看这是读过我的文章后写的。何先生只推荐我的译作，没有反驳我的话。后又听人说，何先生说"他（我）批评得不厉害，有道理，我比他厉害得多。"这句话何先生确实说过，因为后来我见他时，他当面也对我说过。

2000年我到上海，从草婴先生家给满子先生打电话，问他什么时候有时间，我想去看他。他回答得非常爽快："你现在就可以来。"我从草婴先生家乘出租车来到天钥桥180弄，满子先生和师母已在书房里等我。满子先生个子不高，面孔红润，气色不错，不像年过八十的老人。师母皮肤光润，更不像老年人。茶几上放着香烟，他问我吸不吸烟，自己点上一支烟，我也点上烟，我们谈起来。谈话的具体内容记不起来了，但主要是反思我们所经历过的人生旅途。满子先生的态度激烈，语锋犀利，我们在许多问题的看法上完全一致。满子先生的经历我是知道的，比我险恶得多，我不过经常挨整，但总能蒙混过关，他则是九死一生。他说从不看"辫子电视"，他指的是清宫戏，也不看现在的小说。现在的小说我也不看，但断断续续地看过几部清宫戏，当然不是没看法。我问他那看什么书呢，他说每年重读一遍《鲁迅全集》。我想每年重读《鲁迅全集》的人恐怕不多，我则十几年没读了。满子先生问我现今俄罗斯复出作家的情况，即在苏联时代遭受打击现已恢复名誉的作家，其中包括索尔仁尼琴，看来他对这些作家不熟悉，我简单介绍了几位。他询问这些作家，说明接受了我的批评。满子先生告我晚上还要喝点酒，以他的年纪还能喝酒吸烟，说明身体不坏。他拿起桌上的一本书给我，说可以带回北京看。这本书的书名是《改造》，我一回北京就读了，对自己亲身经历过的各种运动的来龙去脉有了更深的理解。此后我每次到上海都看满子先生，他出的书也都送给我。

　　满子先生的文章我早就读过，上世纪90年代他发表的文章很多，几乎很多报刊物都有他的文章。我爱读他的文章，因为有味道，读了能更理解现实，不再懵懵懂懂。他的文字我尤其喜爱，锋利到笔端，闪露出寒光，当然有时不免偏颇，但如果没有对现实的深邃理解，没有一腔热血，没有深厚的文化底蕴，没有坎坷的经历，想偏颇也偏颇不了。满子先生的读者很多，连他批评得最厉害的人都说："其实我爱读何满子的文章，但不爱看他骂我的文章。"

　　我与满子先生接触不多，只是每次到上海都去看他。最后一次是2008年春天，我与徐振亚教授一同看他。他告诉我有一家饭店，菜做得非常好，不久前他曾在那里宴请过邵燕祥夫妇，也请我们到那家饭店吃饭。他在出租车上说："燕祥赞不绝口！"并连说了两遍。我心想燕祥兄并非美食家，到饭店吃饭连菜都不会点，那家饭店的菜真烧得那么好？但坐下一吃，味道确实不错，但我同样不是美食家，无法评论。振亚兄是上海人，后来对我说菜确实烧得好，以后也要来吃，我才知道燕祥兄原来还是美食家。那次是我与满子先生最后一次见面。2009年5月我到上海参加上海译协举办的纪念果戈理200周年诞辰研讨会，当天看了住院的草婴先生，打算开完会看满子先生。第二天还有个活动，我就到上海郊区去了，就在上海郊区，我接到彭小莲女士打来的电话，告诉我何满子先生的追悼会昨天开了。我大吃一惊，听说满子先生病了，没想到这么快就走了。我人在上海，理应参加他的追悼会，但没人告诉我，使我没能同我敬重的满子先生作最后告别，让我非常懊悔。我与满子先生是因争论而成为师友的，此后受到他不少教诲。用俗话说"不打不成交"，我点名道姓地批评前辈，前辈非但没有生气，反而与我交朋友，这样的事如今还会有吗？

在苏联办年货

1990年的春节我是在苏联海参崴过的。那年我在远东大学执教，由于寒假期间短，无法回国团聚了。还有四位刚从国内来的中国年轻教师，也留在海参崴，我们决定五个人一起过春节。四位年轻教师热情很高，一定要在国外热热闹闹地过春节，不让大家有"每逢佳节倍思亲"的感觉。一位女教师心细，拟了一份菜单，并说："一定要过得跟在家里一样。"我年纪最大，他们照顾我，叫我什么也别干，买菜做饭都由他们包了，我坐享其成。他们高高兴兴地分头办年货去了。我看了菜单，心想他们刚从国内来，对苏联的经济状况不太了解，估计什么也买不到，我还得亲自出马。

海参崴的副食店除了人造黄油和面包等少数食品外，几乎什么食品都没有，更不用说酒了。我刚来的时候，见到空空如也的商店，立即想起瞿秋白的《饿乡纪程》。当然，1989年苏联人的生活还是比1920年好。从中国运来很多食品、蔬菜，但苏联自己的产品，如啤酒、酸奶油、香肠、

海参崴街景

猪肉等，却不见踪影。商店有时也进啤酒、乳制品、香肠等，苏联人一拥而上，一抢而光，不走后门休想买到。最让人难理解的是海参崴是滨海城市，却没有海产品。1958年10月赫鲁晓夫在中国吵完架回国，在海参崴停留了几天。渔业工业部部长向他报告，由于缺乏冷藏设备，他们打的鱼无人收购，只好再放回大海，但政府的指标必须完成，所以还得再打，打了仍无人收购，再放归大海，就这样打了放，放了打。赫鲁晓夫听了大怒，当即让米高扬给莫斯科有关部门打电话，解决冷藏问题。但1958年没能解决，1989年我去的时候仍没解决。苏联官僚主义的生命力太强大了。

我有办法，因为我同副食店的女售货员长期交往，建立了深厚的友谊。夏天我和苏联朋友坐船钓鱼、捞扇贝，在海上钓鱼与在河边钓鱼完全不同。船停在海上，放下20多米长的尼龙线，等鱼咬钩，等我们手略有感觉，猛地往上一扯，一条一两斤重的鱼便钓上来。季节的不同，游过的鱼群也不同，主要有两种鱼：比目鱼和鲱鱼。我没有钓海鱼的经验，手感不好，但每次出海也能钓上十几条鱼。捞扇贝也要乘船出海，停在扇贝多的地方，我们便跳下海去捞。我下去过，潜到两米深的地方，便能摸到扇贝。海参崴的扇贝比青岛的扇贝大几倍，我一次能摸到一两个，但海水太凉，我下去一两次就不敢再下去了。我享受钓鱼和捞扇贝的乐趣，并不在乎成果，但苏联人还是把我钓的鱼和捞的扇贝给我。我把鱼和扇贝拎回宿舍，分成几份，送给苏联朋友。自然先送给图书馆管理员，同她们搞好关系至关重要，因为我离不开图书馆。我与国立高尔基图书馆、市立法捷耶夫图书馆和远东大学图书馆的管理员关系良好，除高尔基图书馆外，进入其余两个图书馆如入无人之境，可以随意进入书库。其次送给副食店的胖大婶们，当然是为走后门。送的时候还得有一点技巧，比如我对她们每个人都说："这是专门给您的。"胖大婶们笑逐颜开，对我表示感谢。我的空罐头瓶就分别放在几个副食店里，只要酸奶油一到，她们就给我装满罐头瓶。我爱吃的其他东西，她们也一定给我留出来。有时我经过副食店，胖大婶会从店里跑出来，告诉我："下午进啤酒，您要几瓶？"或者："燕子牌矿泉水来了，我给您留了一箱。"我得在这里辩解一句，我向大婶们"行贿"也实属无奈，不走后门只得排队，我没有排队的时间，也没有排队的经验。他们可以同时排几个队，排一两小时，怡然自得。多年来，凡是来到苏联的人听见的第一句话都是："谁排在最后？"可见他们有悠久的排队传统。如果不与大婶们搞好关系，我就什么也买不到了。我的"行贿"是劳动所得，不怕别人上纲上线。另外，我称她们"胖大婶"决无轻蔑之意。她们都40岁开外，体型硕壮，不是妙龄女郎，形容她们只能说"胖"，决不能说"苗条"。

我先到去离宿舍较远的副食店，由远而近，我说我们要过中国传统的节日，要买食品。胖大婶们便从柜台下面、库房里给我找出猪肉、鸡、香肠、啤酒，甚至苏联人都难弄到的伏特加。我又买了白面包和黄油，满载而归。回来看见同伴们垂头丧气，不出所料，他们什么也没买到。他们见我大包小包拎回来，惊喜得跳起来。这时图书馆管理员送来半条马哈鱼，她有文化，知道春节是中国最大的节日，特来表示祝贺。鱼肉都有了，他们烹调起来，我们吃了一顿丰盛的年夜饭，宛如在家过年。我的同伴们怎能理解我与胖大婶们用海鱼和扇贝凝成的友谊呢？种瓜得瓜，种豆得豆，年轻人，还得向老汉学习。

小九班

晋察冀边区联中诞生于全国人民欢庆抗战胜利的欢呼声中，然而内战接踵而来，郝人初校长毅然率领我们一群青少年离开城市，转入农村。郝校长的办学方针明确，要在艰苦的战争环境中办一所正规中学。这从课程的设置上便能看出：国文、数学、英文、历史、地理、美术、音乐，郝校长要做到全国解放后边区联中能和原国统区中学接轨，我们初中毕业便能升入原国统区的高中。国文老师韩书田先生除讲授现代文学和边区作家的作品外，还讲授过一点古典诗词和句法。如李后主的《虞美人》（春花秋月何时了，往事知多少），我们就是在内战的炮火声中学的。韩老师还给我们讲标点符号的使用法和图解句子的成分，找出主语、谓语、补语和定语，使我们受益终身。音乐老师江雪教我们五线谱和边区歌曲。一次江雪老师教给我们一首外国古典歌曲，歌曲的标题忘了，但记得几句歌词："……那牧女在羊群中奔跑欢笑，祈祷上帝永远赐她平安……"后来我们问过两位老师，为什么在战争环境中教这种东西，郝校长知道吗？两位老师回答："你们应当接触世界和中国的优秀文化遗产。郝校长对教师教什么并不过问，对我们完全信任。"

白提老师和江山野老师是我们的班主任，与我们的关系最为密切。白先生像妈妈，教我们国文，在生活上对我们关心备至。夜里女同学被蝎子蜇了，她亲自把女同学背到医务室。医务室的伊田大夫的女儿就在我们班，所以她也把我们当成自己的孩子。伊田大夫是郝校长的爱人，我们经常看望他们，所以联系一直未断。江先生像大哥哥，我们毕业后仍与我们保持密切联系，直到他去世，我们老了。他关心我们

1949年6月小九班易达美等四同学，右上为作者。

晋察冀边区联中九班同学2008年5月北京聚会

的进步，为我们取得的成绩高兴，参加我们所有的聚会。严一鸣同学在科研领域取得巨大成绩，江先生参加我们的庆祝会，为自己的学生取得的成绩激动不已。白先生在"文革"期间遭到残酷迫害，一度躲藏在老学生家里。"文革"结束后她到北京来，我们在京的同学全体聚会欢迎她，这时她已衰老，找不到当我们班主任时的影子了。

马奇老师教我们美术，教给我们的绝不仅仅是美术，还有如何治学和做人。他研究美学，后来成为著名的美学家。魏群老师教我们数学，他教代数清晰明白，容易掌握。文方老师虽没给我们上过课，但对我们的关心与授课老师没有区别，多次参加九班的活动。解放后他担任过101学校校长、海淀区教育局局长。

刘模老师是江雪老师的爱人，校文工团指导员。一个中学组织的文工团能上演像《白毛女》《周子山》《王贵与李香香》这样的大型歌剧是很了不起的。刘模老师与我们班联系密切还有一个原因，我们班有七名文工团员。他们平时在班上课，有任务就到校外演出。

当时条件困难，学校经费不足，郝校长提出"以生产养学校"的口号。我们班同学分头到各生产部门劳动，我们曾到陈庄被服厂为战士缝制棉衣，完成生产任务后又回校上课。60年风雨过去了，我们已由少年变成老人。每一回想起峥嵘岁月，我们便会心潮澎湃，热血沸腾，又变成滹沱河畔的一群青少年。

且与鬼狐为伍

1966年6月30日傍晚，有人告诉我礼堂里有我的大字报，我吃完晚饭便到礼堂去看。礼堂里贴满声讨我的大字报，成了我的大字报专室，我一篇篇看过去，大字报的字写得歪歪扭扭，白字连篇，语气非常凶狠，但鸡毛蒜皮的事多，要害的事少。只有一张以系总支三位委员联名写的大字报最有分量，揭发我反对"中央文革"和吹捧赫鲁晓夫，并有我亲笔写的文章和使用过的教案为证，很难赖掉。我算被揪出来了。我从礼堂出来，骑车直奔水上公园。我需要冷静思考对策，使自己摆脱险境。路上我不禁背诵起张元干的《贺新郎》来："梦绕神州路。怅秋风，连营画角，故宫离黍。底事昆仑倾砥柱，九地黄流乱注？聚万落千村狐兔。天意从来高难问，况人情老易悲难诉……"大概因为这首词与我当时的心境吻合吧，自然而然地从心底涌出。我高声朗诵，不怕红卫兵听见，听见也没关系，反正他们听不懂。我骑到水上公园，把车靠在柳树上，自己坐在河边，我得考虑被揪出来后如何对付。我确定两点，第一保护自己，第二不伤害并尽量帮助别人。我对"最高指示"早已失去狂热，不仅失去狂热，而且不再盲从。

1949年10月1日举行开国大典，我躬逢其盛。我们学校的游行队伍通过天安门的时候，毛泽东站在天安门城楼上喊道："师大附中的同志们万岁！"我听了热血沸腾，愿为他牺牲一切。在以后形形色色的运动中，我都是骨干，直到1955年肃反的时候，我才开始学会用自己的脑子思考问题。那时我是材料组组长，虽只是区区组长，但岗位非常重要，批判肃反对象的材料都要经过我们整理。不久我与领导小组负责人第一次发生冲突，他要把一个17岁的炊事员定为反革命。这个炊事员的罪行是经常在厨房里表演"反动节目"，逗大家一乐。他自己先说一段快板：八路军吊儿郎当，破鞋破袜破军装，破子弹破大枪。说完有人问他：你是谁？他挺胸说：我是蒋介石第二。听的人哈哈大笑，有时还让他再来一遍。接到检举材料后我们去调查，他又高高兴兴地表演了一遍，一点都不害怕。负责人说他是现行反革命，叫我整理他的材料。我说他是落后青年，二百五，哪有反革命公开说自己是蒋介石第二的？这个青年是贫下中农家庭出身，平时干活卖力，人缘很好。我坚决不同意整理他的材料，负责人让步了。在我当材料组组长的时候他没被定为反革命，他以后的命运我就不知道了。

以后我又与负责人发生过几次冲突。他在会上揭发肃反对象时往往歪曲我们整理的材料，添加很多材料上没有的东西。我找负责人，指出他说的很多东西材料上都没有，他说以后注意。以后他不但没"注意"，反而变本加厉，添加的东西越来越多，越来越耸人听闻。我问他要不要实事求是，不根据调查材料而胡乱揭发不等于坑害人吗？他火了，说我一贯右倾，立场站在敌人那一边，不适合担任整理材料这项重要工作。很快我就被撤下来了。

我根据亲身的经历对揭发胡风的材料也怀疑起来，从信中摘出几个句子就下结论，很可能断章取义。比如"他说国民党骂共产党是共匪"，去掉"国民党骂"，或改为删节号，就变成"他说共产党是共匪了"。这种深文周纳的手法自古有之，是统治者迫害文人司空见惯的伎俩，为什么在新中国又死灰复燃了呢？不久又开始鸣放和接踵而至的反击右派斗争。鸣放期间家里人告诫我不许胡说八道，不要贴大字报。我说很多人说的话都有道理，他们出于对共产党的热爱，指出工作中的缺点以便改正，有什么不好？我姐夫厉声说我是温室里的花，不懂得阶级斗争。我的三个姐夫都是从延安来的，其中两个还参加过长征，是部队的领导干部。老干部都有过挨整的经历，所以说话非常慎重。比如，我曾问一个姐夫，彭柏山怎么会是胡风分子，他只回答了一句："彭柏山打过仗。"答非所问。其实表达了他对彭柏山的态度。我中学的几个老师也是从延安鲁艺来的，他们给我讲了不少延安整风的内幕。内容就是韦君宜在《思痛录》里所披露的那些，但在50年代初期没到过延安的人是不知道的，知道的人也不会说，我脑子里自然比同龄人多了几个问号。我这几位老师大概在延安时期被整得还不够，没有汲取教训，说话随便，1957年通通被划为右派。

我听姐夫们的话，鸣放期间没贴过一张大字报，学生要我参加罢课，我劝他们不要罢课，并说，你们不去我一个人也去上课。我表现得算不错了吧，但仍然险些被划为右派。原因是不积极参加反右运动，与右派分子划不清界限；批判会上从不发言，会后还同右派来往。书记认为我在心里抵触反右运动，是没有右派言论的右派分子。还好父亲蓝公武在冥冥中保护了我，1957年9月，正当全国划右派的时候父亲去世了。党为了表明对知识分子的态度：对革命的、进步的知识分子团结尊重，对反党反社会主义的知识分子坚决打击，9月9日在北京中山公园中山堂为父亲举行了隆重的追悼大会，由刘少奇主祭，董必武代表党中央追认父亲为共产党员。在这种情况下学校党委就不便把我划为右派分子了。

1956年我还读过赫鲁晓夫的秘密报告（《关于个人崇拜及其后果》），惊愕不已。50年代有一批从苏联回国的中国人，大多数是联共党员，我为了练习口语，经常到他们那儿去。闲谈的时候，他们告诉我"红杠子队"（即乌格勃，克格勃前身）厉害极了，1938年张鼓峰事件后，海参崴黑头发的，日本人除外，都抓起来审查，有的人被关进克拉斯诺亚尔斯克集中营。比我大20岁的曾先生，在里面蹲了17年。我问他犯了什么罪，他说因为头发是黑的。张鼓峰事件是日本人挑起来的，但居住在海参崴的日本平民却平安无事，只被遣送回国，斯大林不敢惹日本人。曾先生跟我很要好，给我讲了劳改营中很多骇人听闻的事。我当时半信半疑，读过赫鲁晓夫的秘密报告后才相信，曾先生所列举的事实并非造谣。从此我不再盲目崇拜苏联。

我虽未被划为右派，但在原单位待不下去了，山东大学来要人，我欣然前往。一到山东大学，便被披戴大红花"光荣"下放到崂山脚下的农村劳动锻炼。在这里我迎来大跃进。没有经历过"大跃进"的人很难想象"大跃进"荒唐到何种程度。比如公社决定扫盲，规定每个人，包括老人和妇女，三天内，不脱离生产，认3300个字。到第四天，便敲锣打鼓到公社报捷去了。比这更荒唐的例子还很多。我们带薪劳动锻炼，比劳动教养和劳动改造强得多，起码没饿死人。但我对人祸的感受却同样深刻，年轻时代的理想烟消云散，不再崇拜权威。

我被揪出来后，被打入牛棚，大概由于出身好，年纪轻，被任命为牛鬼蛇神队队长，每天带着十七八个牛鬼蛇神（多半为老教师）劳动。出发前先唱牛鬼蛇神嚎歌："我是牛鬼蛇神，我是牛鬼蛇神，我对人民有罪，人民对我专政，我要老老实实。要是我不老实，把我砸烂砸碎，砸烂，砸碎！"我指挥得很快，唱完马上把他们带到校园最偏僻的角落拔草。我对他们说咱们离红卫兵远一点，大家愿意怎么拔草都行，可以坐着，躺着，但红卫兵要是来了，赶快蹲起来。

如果红卫兵在研究如何执行毛主席伟大的战略部署而在教室里争吵不休，放过我们，这一天便平安无事了，但这样清闲的日子越来越少。一天，红卫兵把全校的牛鬼蛇神押到礼堂批斗，浩浩荡荡的队伍经过我们拔草的地方，红卫兵向我们吼道："快滚进来！"我们赶紧从草地上爬起，加入牛鬼蛇神的行列。我们被押进礼堂。礼堂里摆了一排纸糊的帽子，叫我们自己戴上。我立即挑了一顶较矮的、糨糊干了的帽子戴在头上。动作慢的，或不肯戴的，红卫兵给他们戴上最高的，刚刚糊好的帽子，糨糊从头上流到下颚。上台接受批斗前，红卫兵端来一盆蓝墨水，叫我们画成花脸再上台。我双手蘸墨水，把额头和脸颊抹蓝，尽量不让墨水流进眼里。心理系的一位副教授，不但不抹，反而大喊起来："你们这样做是破坏毛主席的政策。"话音未落，蓝墨水便从他头上倒下来。我想他怎么这么糊涂，毛主席是红卫兵的红司令，红卫兵是毛主席的红小兵。毛主席什么时候说过不能往牛鬼蛇神头上倒墨水？比这严重得多的事他老人家也没说过话。墨水流进眼里会伤害眼睛的，我利用牛鬼蛇神队长的权力，向他喝道："你对红卫兵小将什么态度，还不滚出去！"他出去的时候，我用手指在眼前晃了晃，示意他赶快去洗眼睛。我这样做是很冒险的，我有什么权力叫牛鬼蛇神离开批斗的现场？红卫兵来自各系，分成各派，没有统一的指挥，谁都管事，谁又都不管事。我让他滚，这派不管，那派也没管，我钻了红卫兵领导不统一的空子。红卫兵批斗外语系教授陈先生，质问他为什么诅咒毛主席早死？他回答说，"毛主席万岁"在英语是假定式，表示希望他长寿，但人活不了一万岁。他马上遭到一顿毒打。他还要同红卫兵讲理，我已经站在台上，无法也无力制止他，只能眼看着他挨打。这次是全校批斗大会，有书记和校长们在前面顶着，我虽罪孽深重，但只有外语系的红卫兵知道，别的系的红卫兵并不知道，所以没批斗我，我只算陪斗。但红卫兵打人的场面我看得清清楚楚，知道同他们无理可讲。其实这一点毛主席在《湖南农民运动考察报告》中讲得很清楚了，可是我们很多教师却不了解这一点，还要同红卫兵讲道理，大概还是毛著没学好的缘故。

我在外语系的"地位"从牛鬼蛇神升到现行反革命了（红卫兵把"现行"写成"现形"，也通。我原先是俄语教师，其实是暗藏的反革命，终于现出原形）。红卫兵批斗我，说我是赫鲁晓夫的孝子贤孙，我对他们承认我就是，烧成灰都是。我弯腰做"喷气式"做得标准，无懈可击，所以我挨斗的时间少，陪斗的时间多。我有机会观察红卫兵，我教四年级两个班，40个学生，最凶狠的不过五六个，都来自农村，出身于贫下中农家庭，是两个班里学习最差的学生。其中有位女生，两个班里唯一的党员，已经蹲了三年班。因为吃够了她的苦头，我至今仍记得她的芳名。她口齿不清，大舌头。俄语有个颤音，她四年都发不出来，我晚上经常辅导她，什么办法都用过，比如含水发颤音，但毫无效果。她对动词也不理解，在一二年级的时候，她说睡觉不是动词，睡着了怎么还会动呢。在我之前的一位老师费了九牛二虎之力，终于让她明白表示状态的词也是动词。她不适合学俄语，我为她的前途着想，向总支书记建议将她转到政教系去，毕业后做个政工干部。我同总支书记的谈话被揭发出来，成为我迫害工农家庭出身的学生的一大罪状。另外几个来自农村的学生功课比这位女生略好，没蹲过班。他们记不住生词，弄不清语法的变格，考试多半不及格，或勉强得三分。他们知识面狭窄，或者说除宣传口号外，什么都不知道，并不以此为耻，反而以此为荣。他们一句话就能把你驳倒：那些都是封资修的破烂玩意儿，知道越多越反动。人总有表现欲望，他们没有别的可表现，除自己的家庭出身外（用动词"骄傲"造句，他们的造句都是"我以我光荣的家庭出身为骄傲"），只能表现对标语口号的狂热响应。他们根据某一句话，或党在某个时期的政策，判断一切事物。一次我因北京修建地铁谈起地铁，我说伦敦、纽约和莫斯科都有地铁，莫斯科的地铁修建得较晚，但最漂亮。有个考试不及格的男同学批判我，说我放毒，没有一点阶级觉悟。伦敦和纽约的地铁是供资本家坐的，莫斯科的地铁是供修正主义分子坐的，我竟说他们的地铁比中国修建得早，还说莫斯科的地铁最漂亮，安的什么心？我立即承认我说这些话是妄图复辟资本主义，让中国红旗落地，国家变修。我先把纲上得最高，他们反而无法表现批判我的本事了。生长在天津市的大多数学生与他们有所不同，虽然也给我贴大字报，但内容都是从别人的大字报上抄来的，没有新的揭发。我下课同他们交谈时，介绍过俄国美术和音乐流派，介绍过俄国和苏联作家，甚至介绍过已成为批判靶子的肖洛霍夫，这些他们都没揭发。他们心里同情我，一次我扫地时，一个同学把纸团扔进簸箕里。我在没人的地方打开一看，上面写着：今晚批斗可能下跪，裤子穿厚一点。我钦佩他的胆量，竟敢给现行反革命分子通风报信，我也感到慰藉，并非所有青年人的革命意志都坚硬如钢。1969年分配工作的时候，那位发不出颤音的女生和出身好的几位学生都留在天津市，成绩优秀的学生分配到河北各县。

我挖空心思，一心琢磨如何推掉两项严重罪行：吹捧赫鲁晓夫和攻击"中央文革"。前一项可以推到教育黑线上去。我是根据教育部审定的教材讲赫鲁晓夫的一篇报告的，教案中就有称赞赫鲁晓夫的话。我受到教育黑线的毒害，是受害者。第二项很难赖掉，因为是我在文章里写的，批评姚文元打棍子，姚是"中央文革"小组成员，批评他自然是攻击"中央文革"，白纸黑字，岂能赖掉？尽管文章是1958年写的，那时姚文元并不是什么了不起的大人物，但能说得清吗？

　　我的工资被红卫兵扣发了，每月只发15元生活费。母亲和妻子都叫我增加营养，不要把身体搞垮，学校伙食不好，可以到外面加餐。妻子从北京偷偷给我送钱来，我们在天津北站的一个公园里会面，像地下工作者接头。她们的建议与我不谋而合。我在校园里挂着牛鬼蛇神的牌子，我挂的牌子较小，可以侧过来夹在腋下，从远处看好像夹着一本书，一出校门我就摘下来放进书包里。我和史学家漆侠先生到附近的饭店吃饭，他的牌子大，我们把牌子从中间剪开，用细线缝上。出校门叠起来放进书包，进校门展开，红卫兵看不出来。我们点荤菜，喝啤酒，吃得痛快。但不久被红卫兵撞上了，当场把我们批斗了一顿。我问漆先生，还吃不吃？他说换个地方，照吃不误。我们到离学校远的饭馆吃饭。以后红卫兵忙于打派仗，对我们管得松多了。漆先生又开始治学，为他后来出版的《宋代经济史》做准备，并多次劝我读书，甚至叫我为写果戈理评传做准备。这当然做不到，且不说没有资料，我也从未有过写专著的打算，与他不同，他是著名的史学家，已出版过《王安石变法》等专著。读书还是可以的，晚上独居宿舍楼，我开始读书。读的是三注三评本《聊斋志异》，这是张中行先生的挚友韩文佑先生借给我的。我过去没通读过《聊斋》，只读过《画皮》《崂山道士》《促织》等几篇。夜阑人静，红卫兵小将们都闹革命去了，我打开《聊斋》，渐渐进入蒲松龄所创造的鬼狐世界。我最爱读的是写花仙故事的篇章（《葛巾》《黄英》和《香玉》），爱不释手，竟抄起来，就抄在封皮上印着林彪题写的"大海航行靠舵手"的笔记本上。蒲松龄为我打开了美丽的鬼狐世界，他绝妙感人的文字同样让我着迷。读《聊斋》是我那段时期生活的中心，并受益至今。

我过着两种生活，现实的生活让我难以忍受，便逃入鬼狐世界。鬼狐给了我力量，对大喇叭广播的暴力语言似乎增强了承受力，但心病并未消除，反对"中央文革"的罪名仍像秤砣似的压在我心上。趁红卫兵打派仗之际，我溜回北京同妻子一起到学部看大字报，忽然看到有一张揭发何其芳如何推行文艺黑线的大字报，其中揭发他反对"中央文革"。大字报说"文革"前，姚文元曾想调到文学研究所来，但何其芳拒绝接受，说姚文元写文章强词夺理，打棍子，文学所不能接受这样的人。我看过后心中暗喜，但这绝非幸灾乐祸。我与何其芳无冤无仇，何况他还是我敬佩的作家，我特别佩服他的文字，他的书我都有，至今仍藏有1936年文化生活出版社出版的《画梦录》。何其芳是不是说过这样的话，无法证实，反正他是走资派，已被打倒。但这张大字报可以成为我的救命稻草。我马上抄下来，和妻子连夜写造反大字报，说何其芳是党内文学权威，我对他过于崇拜，中了他的毒，并在他的影响下，错误地攻击了姚文元同志。我吹捧赫鲁晓夫是中了教育黑线的毒，攻击姚文元同志是中了文艺黑线的毒，虽中毒太深，但仍然是要革命的，不是牛鬼蛇神。我把"反对姚文元"的罪行一股脑推到何其芳身上，我想我这样写并不会增加何其芳的罪行，他专案组的人对天津一名无名小卒受到过他的影响不会感兴趣，但这样做有可能挽救我。大字报写好后，我把它贴在红卫兵两个司令部（"井冈山"和"八一八"）之间的墙上，我造反了，自我解放。也许真能解放，也许挨一顿批斗，再次把我赶回牛棚。前者的可能性大些，因为大多数红卫兵对我没有恶感，恨我的几位革命小将抄家的时候手脚不大干净，没当上头头。早上贴出后，中午去刺探，在大字报前走来走去，看看红卫兵的反应，没有批斗我的迹象。下午又去，一个红卫兵竟叫我"老蓝"，我受宠若惊，觉得造反成功了，从牛棚中挣脱出来。多年后听井冈山司令部的红卫兵说，他们讨论过我的造反声明，大多数红卫兵认为现在矛头应指向走资派，不管我了。"八一八"司令部如何反应我就不知道了。

《聊斋》中有一篇《书痴》，写到烧书。郎生酷爱读书，终日讽诵，不管其他事，终于在书中找到颜如玉。颜如玉让他把书全部烧掉，免遭灾祸，郎生不肯。邑宰以郎生为妖。"见书卷盈屋，多不胜收，乃焚之；庭中烟结不散，冥若阴霾"，这是蒲松龄的艺术虚构。烧书不是"烟结不散"而是"火光冲天"。8月的一天晚上，我们牛鬼蛇神正在学习，红卫兵冲了进来，命令我们到操场烧书。我们赶到的时候，书已点着，我让老鲍跟我一起拨拉烧着的书，我递给他一根长棍子，他嫌长，自己拣了一根短的，我劝他，他没听，这根短棍子几乎要了他的命。老鲍自然是牛鬼蛇神，他年龄比我大得多，比所有牛鬼蛇神都大，那年他82岁。他是清华第一批留美学生，后担任过北洋政府交通部次长，解放后一直在外文系资料室管理资料。他办公桌上的玻璃板下压着他留美时期喂梅花鹿的相片，他就是因为这几张相片被揪出来的。老鲍个子矮小，只有一米六几，他拿着短棍子拨火，被火苗烧着。后面是红卫兵，前面是火堆，后退必遭红卫兵打骂，只能向前拨火。我的棍子长，拨火烧不到自己，想跟他交换已不可能。书烧成灰烬时要用水浇灭，我负责打水，每次打水都偷喝很多水，老鲍则一直被火烤着。8月天气闷热，一个年过八十的老人如何受得了，终于倒在灰烬上，幸亏灰烬已被我用水浇过，不然会被烧死。红卫兵骂他偷懒，但没再管他，烧完书后，我把他抱回教研室，放在桌上。他胸上，胳膊上，都烧出燎泡，我先让他喝水，然后打了一盆凉水给他擦身，他渐渐缓过来。他对我说："他们都是长虫！"我扶他走出校门，叫了一辆三轮车拉他回家。人有做人的底线，比如子女不能打父母，学生不能打老师，对年长者礼让，对年幼者爱护，底线被突破，人就不称其为人了。红卫兵都是年轻的后生，怎么对老鲍没有一点同情心呢？我联想起，在北京火车站看见红卫兵把一群老太太押送出北京，她们身上挂着"地主婆""资本家臭老婆"等牌子，有的干脆把成分贴在额头上。她们多半是北京的老住户，因出身而被轰出北京。她们一动不动地坐在地上，有的人双腿瘫痪，让人看了心碎。押她们的红卫兵没有一点同情心，嘻嘻哈哈说笑，特别是十五六岁的女孩子们笑得更开心。看到祖国的花朵得意的样子我同样心碎。

红卫兵打派仗后，便不管我们了，不仅不管革命教师，连牛鬼蛇神也不管了。而我那时已成为人民的一员，忝列革命教师行列。我有时回北京，在天津的日子便跟随韩文佑先生一起读鲁迅的杂文。从第一卷《坟》开始，我先读一两遍，晚上坐在他宿舍前的马扎上，同他讨论，听他讲解。韩先生对鲁迅作品之熟令我惊讶，他不仅对每篇都熟，甚至能背出句子和段落来。韩先生讲完后，我回去再重读他讲过的几篇，接着按顺序读下面的杂文。我们就这样一直读完第六卷的《且介亭杂文末编》，平均每篇都读过三四遍。韩先生毕业于清华大学，对北大、清华教授的趣闻逸事知道得很多，也讲给我听。其中有关清华教授的逸事，张中行先生写入《负暄琐话》，也是听韩先生说的。韩先生还把周作人、郁达夫、徐志摩等人的作品借给我看，并且都是初版本，让我眼界大开。他让我先看周作人的《谈龙集》和《谈虎集》，然后再看《雨天的书》和《自己的园地》等集子。我读周作人的书比读鲁迅的吃力，对他那些抄书文章读不下去，韩先生说过了50岁我就读得下去了。50岁以后，"文革"早已结束，是我最忙的时期，办刊物、翻译书、带研究生，没有时间再读周作人的书。现在过了70岁，我仍没再读，只读过论述周作人的著作。那时听韩先生讲鲁迅的还有一位中文系的周先生，是研究现代文学的教师。他专门研究叶圣陶，但对五四时期的其他作家也很熟悉，他也谈到很多大作家以及他们的作品，弥补了我这方面的缺陷。可以说"文革"期间我上了半个中文系。如今这两位先生都已作古，回想起他们的音容笑貌，我心里仍充满感激，没有他们，不知多少时间会白白浪费掉。

但军工宣队进入后，我就不能再同韩先生一起读书了，因为不久便开始清理阶级队伍。北平沦陷期间韩先生与周作人有过往来，还同朋友办过刊物，这些成了严重的问题。那时把我们教职员编入三种学习班，第一类属于有严重问题的，集中住在学校交代问题，不许回家；第二类属于有问题或思想反动的，一面学习，一面交代问题，但可以回家；第三类是普通教职员，学习毛主席著作，提高觉悟，争取思想尽快革命化。我被编入第三类学习班，韩先生被编入第一类学习班，我们两人的处境颠倒过来，我们不能再见面。第三类学习班师生混在一起，学生领导我们学习毛著。每天三个单元，坐在一间教室里学习，即所谓三磨：磨时间，磨嘴皮，磨裤子。我当时已属于革命群众，地位与红卫兵相当，但政治上仍低人一头，在学习班上仍是死角。

我过去和现在都非常厌恶冗长空洞的发言，可那段时期对这类发言不但不反感，反而非常感激。如果没有人发言，可能叫我发言，我不得不违心说套话，那滋味难受极了。学习班上有位同学是结巴，喜欢发言，能够结结巴巴讲一小时，我对他简直感激涕零，希望他一直讲下去。有人发言，我便可以回到《聊斋》中去，或在脑子里复习韩先生讲的鲁迅，或复习过去背过的诗词。听着他结结巴巴的发言，我想的是《王桂庵》中的水仙词："钱塘江上是奴家，郎若闲时来吃茶。黄土筑墙茅盖屋，门前一树马缨花。"还有位爱表现的学生，喜欢卖弄辞藻，但又用词不当，常念别字，听起来很好玩。比如他把"造诣"念成"造脂"，大概是他新学来的词，颇为得意，一连说了几遍。同学们没有反应。我想起《嘉平公子》："何事可浪？花菽生江。有婿如此，不如为娼！"我脸上大概露出笑容，他以为我听得入迷了，以后对我特别客气，叫我"老蓝"。我每天都在脑子里复习学过的东西，从不在下面"开小会"。主持会的人认为我专心听别人发言，态度很好，只是发言太少，如果积极发言，可以不算死角。不久我又获得一个表现进步的机会。

校军工宣队号召开展大批判，外语系军工宣队要俄语专业批判苏修。他们大概从中央首长的讲话中知道苏联有个肖洛霍夫，是苏联文艺界修正主义的鼻祖，便决定批判他的小说《一个人的遭遇》。军工宣队头头想出风头，希望外语系的批判文章至少要在全校广播，争取登在校刊上，最好在天津《文联红旗》上发表。他们顾不得阶级路线了，找了三位功课好但出身不大好的学生，由他们组成批判小组，任命一个学生担任组长，并给他们找了一间教室。批判组的学生立即身价十倍，不参加学习班的学习，随意外出搜寻材料（图书馆已经没有了），一起构思批判弘文。但他们只是二年级学生，不仅俄语还没入门，也缺乏起码的写作能力，我敢说，除文理不通的大字报外，他们没写过任何东西。他们写出的第一稿，连系军工宣队都看不上，但他们是革命小将，不会被困难压倒，拿出三天时间务虚，学习毛主席著作，怀着对苏修的仇恨，再次投入战斗。第二稿系军工宣队通过了，但被校军工宣队打回来，这些都是我参加批判组后才知道的。时间有限，系军工宣队急于出成果，通知我参加批判组，有人说这叫以毒攻毒。我提出不参加学习班的学习，并且要求回宿舍去写，他们居然都答应了。我把学生写的二稿拿回家，打开一看，觉得纲上得不坏，只是逻辑混乱，文理不通，对小说的时代背景不了解，对故事的情节一无所知。我向姚文元同志学习，保留了学生上的纲，理顺逻辑，改正病句和错别字，一篇蛮不讲理的批判文章就炮制出来了。我把这篇文章的题目定为《革命战争万岁》，两天后我把誊清的稿子交给批判组组长，对他说他们写的文章很好，我只稍微改了一点，如改得不妥，请再改回来。《革命战争万岁》很快便以外语系军工宣队的名义在全校广播了，并一连广播了几次，接着刊登在校刊和《文联红旗》上。军工宣队非常满意，批判组的小将得意扬扬。我有机会就向人说，这都是红卫兵小将的功劳，我没出什么力。完全出乎我的意料，军工宣队竟给了我半个月的假，于是我和妻子爬了一次几乎没有游人的黄山。

我在"文革"中所受到的迫害比很多人轻，浪费的时间也比不少人少。我毕竟还没有完全停止学习，这与我对"文革"的认识有关。"文革"一开始我就认定这是一次荒唐的政治运动，决不能狂热投入，而要尽量在运动中保护自己，不伤害别人。但运动如此猛烈发展，持续时间如此之长，是我始料不及的。现在对"文革"的权威评价是彻底否定，因为"文革"把国家的经济引向崩溃的边缘。这算的是经济账，当然对。我觉得还应算一笔伦理道德账，"文革"把传统的伦理道德以及人类共同遵循的道德准则同样引向崩溃的边缘，而后者对中华民族的损害决不小于前者。今天社会上出现的很多负面现象难道与"文革"无关？我想弄清发动"文革"的真正动机，设立过各种假说，又都被我一一推翻。

道旁甜李

　　"道旁苦李"这个典故出自《世说新语》，讲述神童王戎的故事。王戎是"竹林七贤"中年纪最小的一位，七岁时与一群孩子在路上玩耍，看见路旁有棵李子树，上面结满李子。孩子们一窝蜂跑过去摘李子，只有王戎视而不见，一动不动。大家问他怎么不去摘李子，王戎说："李子树长在路边，却还结这么多李子，李子一定是苦的。"大家一尝，果然是苦的。

　　这个故事很有趣，我小时候就记住了，佩服王戎的智慧。我去年夏天到美国女儿家避暑，她住在旧金山湾区的居民区，那里比北京凉快得多。这个居民区面积不大，周围还有几个与它类似的居民区。住房通常是平房，也有两层楼房，但没见过三层楼房。来到女儿这儿凉快是凉快了，但极不方便，没有交通工具，哪儿也去不了。我垂涎已久的斯坦福大学胡佛研究所离女儿住处仅两小时的车程，咫尺天涯，就是无法去。白天女儿女婿上班，我们留在家里，同蹲禁闭差不多。吃过晚饭我同内子便出去散步，我们不仅在我们居住的小区散步，还走到邻近的小区。两个月来，我们把邻近小区都走遍了。

这里每家都有柠檬树和李子树，院子里有，门前也有，道旁也有，有的家还有杏树。每棵李子树都长满紫黑色的李子，熟透的落在地上。有的住户已迁走，大门紧锁，门前的李子树仍果实累累。我在树下地上捡了两个李子，回去女儿女婿一起说我："你怎么摘街上的李子？"我说不是摘的，地上捡的。他们仍然责备我："地上的也不要捡。"我只好说想检验王戎的话灵验不灵验，为此我还向他们简单地讲了"竹林七贤"和《世说新语》。他们仍对我不满。我把李子洗过吃了一个，非常甜，老实说，我在国内还没吃过这么甜的李子。遍地李子树，棵棵长满李子，落了一地，却没人摘。美国人的脑子是怎么想的？我揣摩他们大概是这样想的："是我的我一定要，不是我的我决不要。"

今年夏天我是在北京过的，溽暑天气实在难熬，开空调吧，就是开到28度也觉得皮肤发紧，不舒服，只能开小风扇。原本想重译《日瓦戈医生》，但我脑子发胀，译不下去。一个半月只翻译了俄国女作家苔菲的13篇短篇小说，加起来还不到两万字。

　　只要天不热得无法喘息，我傍晚都到明城墙遗址公园散步。我散步的路边有两棵树根连在一起的桑树，我看桑树发芽，抽叶，结出桑葚，桑葚由青变紫，熟透的落在地上。总有人在地上捡桑葚，大人比孩子多。一天我走过时看见一位妇女带着两个孩子在树下捡桑葚，忽然一个孩子把一根短棍朝桑树扔去，打落的桑葚就不止是紫色的熟桑葚了。他快活地向妇女喊道："妈，快点捡！"我对孩子说："公园的桑葚不能打。"他说："谁说的？"母亲没说话，脸上露出凶相。我知道再说下去没有好结果，只得向前走了。没过几天，桑树紫的、青的桑葚都没有了，树上有打断的枝条。明城墙遗址公园原是居民区，北京人家里喜欢种枣树和香椿树，居民迁走，树留下了。春天香椿树如何遭抢劫，我没看到，因为香椿树都不在路边，但路边枣树被折磨的惨状我看见了。枣还没长熟，人手够得着的树枝都已光秃，只有几颗青色的小枣躲在树梢上。我揣摩我们的同胞的想法："是我的我一定要，不是我的我也要。"我对那位母亲的态度深感忧虑，她怎么不管孩子打桑葚？孩子顶撞老人怎么不说孩子？这样能教育出好孩子吗？

　　我想起70年前的往事。我五六岁的时候，母亲带我逛北海公园，走到五龙亭的时候，我采了路边的一朵喇叭花，准备给姐姐，她喜欢这种花。母亲看见了立刻说我："公园里的一草一木都不能动，你要记住！"她为了让我记住，还编了个神话。她说，喇叭花有花神，你掐它的花，夜里它会来找你，把你缠得透不过气，我也不救你。吓得我以后再也不敢采花了。

时间过得飞快，我已到了"随心所欲，不逾矩"的年龄，傍晚散步时，不时想起美国的甜李、中国孩子向桑树扔棍子，特别是那位母亲的凶相。时间是倒退还是前进了？中国人何时才能分清"公共的"和"自己的"？那男孩子又如何教育自己未来的孩子？想着想着不觉走到桑树前，桑叶满枝，树下一个人也没有了。

附：

写完这篇小文和内子到天坛散步，我看见一个中年汉子在用竹竿打银杏上的白果，神情自若，旁若无人。我走过去看，地上袋子里已装了半袋。

话剧《彼得大帝》彩排记

　　阿·托尔斯泰是中国熟悉的苏联作家，他的长篇小说《粮食》《苦难的历程》和《彼得大帝》对五六十岁以上的中国知识分子产生过较大的影响。50年代初期根据小说《彼得大帝》拍摄的同名影片曾在北京放映，彼得大帝由著名演员尼·西蒙诺夫扮演，演得极其出色。

　　小说《彼得大帝》是阿·托尔斯泰的得意之作，他醉心于"彼得大帝"题材，在写小说的同时，还编写了电影脚本和话剧剧本。话剧剧本《彼得大帝》1934年完成，同年由莫斯科第二艺术剧院排练，准备在该剧院上演。第二艺术剧院曾由俄国作家契诃夫的侄子米·契诃夫领导，辉煌一时。但1928年米·契诃夫离开苏联，改由优秀演员布列森涅夫担任经理后，剧院开始走下坡路，票房价值一落千丈。布列森涅夫为使第二艺术剧院再度辉煌，决定排练阿·托尔斯泰的剧本《彼得大帝》，想一炮打个翻身仗。布列森涅夫把宝押在阿·托尔斯泰身上显示出他的远见卓识，阿·托尔斯泰属于

"十月革命"前成名的"旧作家"，并有伯爵爵位。他不接受"十月革命"，用他自己的话说："在红军与白军生死搏斗的年代，我站在白军一边。"1919年春天他流亡巴黎，但不久觉得自己错了，需要转变，于是1921年秋天跑到柏林去编辑路标转换派的报纸《前夜报》。不久又觉得自己转变得不够，还需要转变，于是1923年夏天返回苏联，讴歌苏维埃政权及其领袖，立即得到苏维埃政权及其领袖的礼遇，日子过得舒舒服服，被同行戏称为"无产阶级伯爵"。像他那样经历的人，回国后受到如此礼遇，除他之外别无他人。因此排练他的剧本，不仅政治上保险，还能借用他的余荫重振剧院。

30年代苏联书刊检查日趋严厉，书刊检查人员生怕一不留神放过毒草，贻害读者，自己也跟着完蛋。剧目审查更严，中央剧目、演出检查委员会几经周折，才勉强同意话剧《彼得大帝》彩排。彩排邀请领导人和评论家观看，然后经他们讨论决定是否公演。

彩排安排在1934年秋天的一个晚上，斯大林和全体政治局委员莅临。还有红色教授学院的一批教授，此外便是国家政治保安局的人。领导人和教授们分别坐在楼上包厢和楼下池座，保安人员则挤满楼道和出入口。

大幕拉开后，观众与其说观看话剧不如说观看斯大林。

台上台下的目光都对准他，捕捉他脸上每个细微的变化。扮演彼得大帝的演员上台前，布列森涅夫还再三叮嘱他："尽量少表现彼得大帝的英雄气概，不然要犯宣扬君主制的严重错误。多注意斯大林同志的表情，你从正面看得清楚。"然而斯大林坐在包厢里端然不动，脸上毫无表情，未鼓过一次掌。离剧终还有一刻钟的时候，斯大林突然站起来离开包厢，向出口处走去。布列森涅夫吓得魂飞魄散，一路小跑赶过去送斯大林。布列森涅夫感到大祸临头，不知如何是好，只好壮着胆子夹在保安人员当中送斯大林走出剧场。但斯大林兴致很好，走到休息厅停住，同他谈了一会儿，并肯定了话剧《彼得大帝》。布列森涅夫顿时心花怒放，激动得喘不过气来。斯大林走了很久之后，他仍一动不动地站在剧场门口，沉浸在幸福之中，猛地想起剧场里正在讨论彩排，他急转身返回剧场。

　　剧场里气氛非常紧张，舞台上的道具已经撤掉，上面摆着长桌和讲台。长桌后面坐着彩排审查委员会主席团成员，各个面带杀气。有40人登记发言，一个个走到讲台前发表自己对彩排的看法，他们从斯大林冷漠的表情和提前退场的举动中嗅出自己应持的观点。前十位发言的人都是红色教授学院的教授，他们一致彻底否定这出话剧，情绪一个比一个激烈，措辞一个比一个尖锐。如头两个人猛烈抨击话剧，说它坏得不能再坏；中间的几个人在抨击上已无文章可做，便把攻击的目标转移到与彩排有关的人身上，要求追究导演和中央剧目、演出检查委员会人员的政治责任；最后两位为了表现自己的高度觉悟，干脆要求追究剧本作者阿·托尔斯泰的责任，查禁小说《彼得大帝》第一部，并不允许第二、三部出版。布列森涅夫返回剧场时，第十一位发言人正提着皮公文包向讲台走去。他长得矮小，把皮公文包垫在脚下，以显魁伟。他厉声喊道："同志们，我完全赞同前面几位同志的发言，我甚至找不出语言表达心中的怒火，来抨击这出极端恶劣的反革命话剧，作者竟把彼得大帝写得如此具有英雄气概，明目张胆地宣扬君主制……"这时，布列森涅夫走上舞台，请求主席允许他打断矮小同志的发言，说几句话。得到主席同意后，布列森涅夫用挖苦的口吻说道："同志们，法国有句谚语说得好，真理诞生于交锋中。今天我们就话剧《彼得大帝》彩排交换意见，必将再次证明这句谚语的正确。我很高兴十位发过言的人和第十一位正在发言的人一致严厉谴责这个剧本，因为我相信下面发言的人将持完全相反的观点。起码我已经知道有一个人持这种观点，一小时前斯大林同志同我谈话时，对彩排发表了如下看法：'剧本写得很好，遗憾的是彼得大帝的英雄气概表现得不够。'我完全相信后面发言的人，如果不是全体，起码也是大多数，将会赞同斯大林同志的看法，所以说交锋产生真理嘛。请原谅我打断极有教益的发言，大家继续发表高见吧。"布列森涅夫说完，大厅里一片死寂，接着响起暴风雨般的掌声和"斯大林同志万岁"的口号声。站在皮公文包上的矮小教授仿佛被一场地震震得无影无踪，只剩下皮公文包了。第十二位发言的人仍来自红色教授学院，他是这样开始的："任何语言都无法表述我对前十一位发言人的愤慨，他们竟然敢否定我们刚刚看过的演出，竟敢诋毁如此优秀的话剧。正如斯大林同志英明而正确地指出的那样：'剧本写得很好！'作者和导演的唯一错误，正如斯大林同志英明而正确地指出的那样，是彼得大帝表现得还缺乏英雄气概！"下面发言的人完全赞同第十二位发言人的观点，同时严厉谴责前十一位的言论。中央剧目、演出检查委员会立即批准话剧《彼得大帝》的公演。布列森涅夫把矮小教授落下的皮公文包带回办公室，等他来领取，可他一直没来。

斯大林并未看到话剧结尾，但政治上一向敏感的阿·托尔斯泰却感到有修改的必要。话剧结尾原是：彼得大帝咽气的时候，窗外涅瓦河上空雷雨交加，他所心爱的英格尔曼兰号巡航战舰渐渐下沉，这似乎象征彼得大帝的事业后继无人。阿·托尔斯泰再三修改，最后改成：彼得大帝临终前召开参政院会议，对参政员发表演说："你们要知道，尽管不会很快，但按照自己新的方式继承我彼得事业的那个人必将出现。"

卡普列尔：中国最知名又最不知名的苏联作家

苏联作家卡普列尔的名字在中国大陆恐怕无人知晓，但他的作品又恐怕无人不知，他就是在中国放映过无数次的影片《列宁在十月》和《列宁在一九一八》的电影脚本作者。他不仅是著名剧作家、散文家，还是20世纪70年代苏联人民最热爱的电视节目主持人。

卡普列尔半生坎坷，几次大起大落，都是他太痴情、太真诚、太富于正义感的缘故。他妻子戏称他为"并非愁容的骑士"，除掉愁容外，他确实有点像塞万提斯笔下的堂·吉诃德。

一个普通的敖德萨青年，不到而立之年便发表了剧本《三个同志》和《矿工们》，并被搬上银幕，几年之间便成为苏联知名的剧作家。1938年莫洛托夫亲自主持"十月革命"题材剧本竞赛，卡普列尔应邀参加，并以剧本《起义》（即《列宁在十月》）一举夺魁。接着他又创作了《列宁在一九一八》。在苏联电影、戏剧史上，卡普列尔是第一个把革命领袖作为一个活生生的人物写进剧本的。这两部由罗姆执导、舒金扮演列宁的影片一上映，列宁仿佛又回到人民之中。卡普列尔由此名扬天下。

但正当他春风得意之时，他有幸或者说不幸结识了女中学生斯维特兰娜·阿利卢耶娃，并且一见钟情。如果斯维特兰娜是普通人家的女儿，真挚的爱情也许会绽开艳丽的花朵。然而，斯维特兰娜是斯大林的千金，卡普列尔则是犹太血统的敖德萨人，因此悲剧就难以避免了。斯大林不准女儿同卡普列尔恋爱，除后者是犹太人外，还因为卡普列尔在《列宁在十月》中对斯大林颂扬得不多，对斯大林的政敌丑化得不够。1938年莫斯科第三次审讯刚刚结束，列宁时期的政治局委员除加里宁和莫洛托夫之外，统统被斯大林处死。斯大林想把自己说成同列宁一起领导了"十月革命"，但卡普列尔根据当时掌握的资料，并未把斯大林同列宁并列为"十月革命"的领导人，尽管影片已夸大了斯大林在"十月革命"中所起的作用。

最初，斯大林只想把他们拆散，两人不再来往就算了，所以采取"先礼后兵"的做法。斯大林卫队长克拉西夫将军派鲁缅采夫上校给卡普列尔打电话，劝他离开莫斯科到南方去。卡普列尔被爱情冲昏头脑，不但不听劝告，反而在电话里叫他滚蛋。接着，好友作家西蒙诺夫再次劝他到南方去，卡普列尔依然不听。苏德战争爆发后，卡普列尔当了战地记者，1942年底，他飞往斯大林格勒采访。此时卡普列尔非但没冷静下来，在离别的煎熬中，爱情变得更加热烈。他发表在《真理报》上的《L中尉发自斯大林格勒的通讯》，竟情不自禁地思念起斯维特兰娜来。信中明白无误地写道："莫斯科现在大概正在下雪，从你窗口可以望见克里姆林宫的雉堞。"连斯维特兰娜的居住地点都点出来了，等于向全国公开他同斯大林女儿的爱情。深知父亲性格的斯维特兰娜读了这篇战地通讯后吓得魂不附体，知道天真的卡普列尔闯了大祸。这时斯大林突然从办公室赶回家。斯维特兰娜在《致友人的二十封信》中这样写道：

　　平时缄于言词、不动感情的父亲，这时已怒不可遏，喘不过气来，好容易才说出一句话："都在哪儿？在哪儿？"接着又说："你的作家的那些信都在哪儿？在哪儿？"我无法描写他是用多么鄙视的口吻说出"作家"这两个字。"我全知道了！你们在电话里的谈话都在这儿！"他拍拍他的衣袋，"快，都拿出来！你的卡普列尔是英国间谍，已经被捕！"

"可我爱他！"我说，我终于恢复了说话的能力。

"你爱他！"父亲对这个"爱"字充满仇恨，大喊起来，有生以来第一次打了我两个耳光……他看了我一眼，说了一句置我于死地的话："你也不照照镜子看看自己，谁会要你！他身边有那么多娘儿们，你这糊涂虫！"说完他拿起所有信件、照片回餐厅去了。

这次短暂的爱情，以卡普列尔被捕、斯维特兰娜同父亲关系破裂而告终，著名作家的名字也理所当然地从电影字幕和报刊上永远消失。《列宁在十月》和《列宁在一九一八》两部影片，1951年在我国首次放映时，字幕上当然不会再有编剧的名字了。

1943年至1953年，卡普列尔是在劳改营里度过的，但十年的劳改生活丝毫未改变他的性格。1953年斯大林逝世后他立即被释放，重返莫斯科。他依旧那样天真、真挚、充满正义感，以散文家，说得更确切些，以杂文家的姿态投入扬善惩恶的斗争中。

发表在《文学报》上的《靴子踹胸口》便是卡普列尔对索契民警局宣战的檄文。他揭露了索契民警局局长的恶棍行径：把女儿送进疯人院，仅仅因为她爱上普通司机；而把司机关进监狱，也就因为他胆敢接受民警局局长千金的爱情。这篇文章引起轩然大波，民警局差点把卡普列尔投入监狱，幸亏赫鲁晓夫得知后发了脾气，卡普列尔才得以幸免。

为了恢复影片《女友们》的作者瓦西里耶娃的著作权，卡普列尔四处奔走，恳求知情者主持公道，还在《俄罗斯文学报》上发表一篇慷慨激昂的呼吁文章。在卡普列尔的感召下，许多著名作家联名写信，要求剽窃女作家作品的导演发表声明，承认被无辜镇压的女作家的著作权。但影片导演仍不吭声，结果卡普列尔的满腔热情付诸东流。其实，卡普列尔同女作家瓦西里耶娃非亲非故，为恢复她的著作权而战斗，不过是想伸张正义，恢复人们对正义的信心罢了。

20世纪50年代中期，卡普列尔被选为国际电影编剧协会副理事长。换了别人，这个职务不过多增添了个荣誉头衔，多几次抛头露面的机会而已。但卡普列尔在这个岗位上却开始了新的战斗——为编剧的著作权而战斗。战后一个时期，苏联影片的字幕上只印有导演和演员的名字，却不印编剧的名字。电影史介绍某部影片时也只提导演，不提编剧。卡普列尔认为这种做法是不公道的，是对编剧劳动的蔑视。他在《打输了的一场战役》一文中写道："……有人说我所争论的问题的实质是：创作一部影片谁更重要，爸爸还是妈妈。

我认为创作影片既需要爸爸——编剧，也需要妈妈——导演。"他在各种场合呼吁社会对编剧给予应有的尊重。他的行动深得编剧们的赞赏，他们私下向他握手道谢，但没有一个编剧公开站出来支持他。他们不敢得罪导演，担心一旦得罪导演，导演便不会选用他们的脚本了。面对强大的导演营垒，卡普列尔孤军作战，寡不敌众，败下阵来，影片字幕仍不署编剧名字。但随着时间的推移，影片上打出编剧名字的传统逐渐恢复，编剧的劳动终于得到承认。苏联影片字幕上打印编剧的名字是同卡普列尔的斗争分不开的。

1966年卡普列尔应苏联国家电视台邀请，担任电视节目"电影丛谈"主持人。"电影丛谈"包括新影片介绍；同国内外演员、导演、编剧交谈；介绍电影档案资料；对观众感兴趣的问题发表自己的看法。从此卡普列尔又走进千家万户，成为广大电视观众喜爱的明星。观众之所以喜欢他，因为他从不说空话、套话，只说真话。但观众喜爱并不等于领导满意，卡普列尔一到电视台便在节目播放的形式上同台领导人发生激烈冲突，卡普列尔坚持其有权参与编排节目、邀请嘉宾，谈论人们关心的问题。慑于卡普列尔的威望，电视台只好让步，这样苏联广大电视观众才能在银屏上看到鬓发苍白的心爱的剧作家，倾听他沁人肺腑的话语。

不久，电视台感到观众太爱收看他的节目，致使对其他节目失去兴趣，决定停止他的节目。卡普列尔便向苏联电视委员会主席拉平递交辞呈，他把辞呈往拉平桌上一放，掉头就走，并把门"砰"的一声带上。于是拉平解除他主持人的职务，并销毁他所主持的节目的全部录像。卡普列尔在观众的视野中从此消失了，直到他1978年去世，报刊、电视上再也没有他的消息。

马雅可夫斯基是怎样被偶像化的

　　我知道马雅可夫斯基的同时便知道斯大林对他的评语："马雅可夫斯基过去是，现在仍然是我们苏维埃时代最优秀的、最有才华的诗人。"他的诗我也读过一些，有的喜欢，如《开会迷》《好》《苏联护照》等，有的长诗，像《穿裤子的云》《一亿五千万》《关于这个》等；便觉得晦涩难懂。当时觉得既然斯大林说他是最优秀的、最有才华的诗人，有的诗读不懂而不喜欢，只说明自己欣赏水平低，提高水平后一定会喜欢的。从未想过斯大林的评语是否正确，是怎么来的。苏联实行"公开性"后，封存在纪念馆、克格勃以至党中央政治局保险柜里的档案材料陆续公之于世，这时我才明白斯大林写这段话的来龙去脉。

　　马雅可夫斯基的情妇不止一个，但同他时间最长的要数莉莉娅·布里克了。他们从1915年相识至1930年马雅可夫斯基自杀，关系一直极为密切。先是马雅可夫斯基爱上有夫之妇的莉莉娅·布里克，莉莉娅被他苦苦追求所打动，心里也燃起了爱情火焰，但莉莉娅不想对丈夫奥西普·布里克隐瞒，便告诉了他。"我告诉他马雅可夫斯基和我相爱后，"莉莉娅在回忆录中写道，"我们三人便决定永不分开。那时马雅可夫斯基和奥西普是亲密的朋友，被相投的思想爱好和共同的工作结合在一起，正因为如此，所以我们在精神上和大部分时间在领域上度过我们的一生。"最后这句话说得有些隐晦，不如马雅可夫斯基的研究者科洛斯科夫来得直截了当：三人同居。他们的理论依据便是车尔尼雪夫斯基的《怎么办？》。上世纪20年代末，未来派诗人、艺术家时兴这种生活方式。后来同未来派决裂的女画家拉文斯卡娅在《同马雅可夫斯基会面》中写道："妒忌——'资产阶级偏见'，'妻子同丈夫的相好要好'，'妻子为丈夫物色合适的心上人，而丈夫则向妻子推荐自己的伙伴。'正常的家庭被视为小市民的狭隘性。这一切由莉莉娅身体力行，奥西普从思想意识上支持。"另一位著名的未来派女画家西尼亚科娃写道："他们（马雅可夫斯基和莉莉娅·布里克）已经同居，马雅可夫斯基说，'莉莉娅是我妻子'，她不许他这样说，说道：'我的丈夫只是奥西普，而你只不过是情人。'他想同她结为夫妻，但遭莉莉娅断然拒绝。这是她亲口对我说的。而她一生都认为，她唯一的丈夫只是奥西普·布里克。

就是现在她谈起奥西普时仍说这是她的丈夫。"这里要插上一句，莉莉娅活了87岁，正式嫁过布里克、普里马科夫和卡塔尼扬三个丈夫。

马雅可夫斯基无法摆脱"资产阶级偏见"，不甘于情人地位，渴望建立家庭，为此同莉莉娅几次吵翻，赌气搬往别处。马雅可夫斯基知道无法同莉莉娅结为夫妻，便想同别的女人结婚，但莉莉娅不允许。这更多是基于物质考虑，因为她和奥西普靠马雅可夫斯基稿费生活。马雅可夫斯基有意同娜塔莎·布留哈年科结婚，把莉莉娅吓坏了，整天焦躁不安，对别人说："我决不允许他离开我到别人那儿去，而他自己也不需要。"1928年10月，马雅可夫斯基在巴黎结识了俄国少女塔吉雅娜·雅科夫列娃，立即被她的美貌和风度迷住，塔吉雅娜对这位身材魁伟、才华横溢的诗人也动了心，但他们接触的时间不长，马雅可夫斯基很快便回国了。临行前他给花店留下一笔钱，请花店每天给塔吉雅娜送一束鲜花。1929年春天，马雅可夫斯基再度来到巴黎，短暂的别离促使感情成熟，他们重逢之后便难分难舍。他们商定秋天在巴黎结婚，马雅可夫斯基先回国料理出版事宜，10月再来。马雅可夫斯基一回国，莉莉娅便把莫斯科高尔基模范剧院的女演员波隆斯卡娅介绍给他，暗中希望这位有夫之妇的女演员能拢住他的心，成为他的情妇，但马雅可夫斯基执意秋天到巴黎同塔吉雅娜结婚。自1922年至1929年9次出国访问的马雅可夫斯基，万万没料到第10次出国申请竟遭拒绝，而阻碍他出国结婚的正是莉莉娅。莉莉娅·布里克为何如此神通广大？因为她有位炙手可热的"朋

马雅可夫斯基的恋人雅科夫列娃

友"——阿格拉诺夫。阿格拉诺夫是何许人呢？内务人民委员亚戈达手下的一名干将，镇压"反革命分子"功勋卓著的刽子手，1921年令诗人古米廖夫丧命的塔甘采夫案就是他经办的。阿格拉诺夫经常同文化人交往，同未来派的关系尤为密切，时常拜访布里克夫妇，仿佛附庸风雅，实则探察知识分子的情绪。他1923年至1929年任国家政治保密总局机密处主任，曾是奥西普·布里克的顶头上司。奥西普1920年加入肃反委员会，后虽退出，但同以后不断更名的国家安全部关系密切。阿格拉诺夫同莉莉娅的关系不止亲密，还是她情人

之一，在他垮台前一直是莉莉娅的靠山。他常到布里克家去，自然认识马雅可夫斯基，并自诩为他的知音。至于马雅可夫斯基同阿格拉诺夫关系如何，说不清楚，尚未见到有关材料。

马雅可夫斯基1930年4月12日开枪自杀，原因很多，不能出国结婚只是其中之一。他自杀前留下遗书，内容如下：他的死不要责怪任何人，不要造谣，死者对此最为反感。他的家属包括母亲、姐妹、莉莉娅·布里克和女演员波隆斯卡娅，希望政府关照他们。让莉莉娅爱他吧，请拉普的同志们不要以为他胆怯。

根据这份遗嘱，莉莉娅同马雅可夫斯基的母亲和姐妹平分了他的全部遗产和以后所有的版税。莉莉娅·布里克处于马雅可夫斯基遗孀的地位。不用说，阿格拉诺夫帮了莉莉娅大忙，因为同样被马雅可夫斯基列为家属的波隆斯卡娅却什么也未分到。不久，莉莉娅同奥西普离婚而不分手，所以她嫁给列宁格勒军区副司令普里马科夫，从莫斯科迁往列宁格勒，奥西普也跟了去。1934年12月1日基洛夫遇刺，列宁格勒开始了大规模的清洗，不仅清洗季诺维也夫分子、托洛茨基分子以及各种名义的反革命分子，还清洗所有贵族和资产阶级。普里马科夫是托洛茨基旧部，曾跟随他在乌克兰作战，难免不在清洗之列，很难保护莉莉娅和奥西普，而他们俩在清洗之列，被清洗不过是迟早的事。先清洗政治上的各种分子，因为他们对斯大林威胁最大。后清洗贵族和资产阶级，因为他们有如瓮中之鳖，手到擒来。革命前出版的《彼得格勒名人录》上印着莉莉娅·布里克和奥西普·布里克的姓名和身份，只要保安局的人员翻一下《名人录》，他们就性命难保。莉莉娅知道，阿格拉诺夫可以保护他们，况且他步步高升，越来越得到斯大林的宠信。但莉莉娅精明过人，知道仅靠个人保护并不牢靠。政治风云变幻莫测，除斯大林外谁都可能垮台，所以要想永远平安无事，非得有一道来自斯大林本人的护身符不可，但她却不知道怎样才能得到这道护身符。一次她见到阿格拉诺夫的时候，向他倾诉了心中的惊恐。深知斯大林心思的阿格拉诺夫立即给她出了个主意：借口马雅可夫斯基在社会上受到冷落，给斯大林写信。莉莉娅担心如果斯大林不理睬或反感无异于自取灭亡，阿格拉诺夫向她担保结果将是理想的，并告诉她要写得精炼，不超过两页。莉莉娅在同知己朋友商议后，于1935年11月24日给斯大林写了一封信，信太长，摘译如下：

诗人马雅可夫斯基逝世后，有关他诗集的出版和纪念活动等事宜都压在我一人身上。

他的全部档案、草稿、札记和手稿以及他所有的遗物都保存在我这里，我在编辑他的著作……

他的诗不仅没过时，而且在今天仍极有现实意义，是最强有力的革命武器。

马雅可夫斯基逝世已近六年，可仍无人可代替他。他过去是、现在仍然是我们最伟大的革命诗人。

但远非所有人都明白这一点。

不久便是他逝世六周年，但《全集》只出了一半，而印数只有一万册。

书店里没有马雅可夫斯基的书，哪儿也无法买到。

马雅可夫斯基逝世后政府做出决议，责成有关部门在共产主义科学院筹建马雅可夫斯基研究室，集中他所有的材料和手稿。但至今仍未筹建。

三年前，无产阶级区苏维埃曾建议我修复马雅可夫斯基最后一个故居，并附设一个以他名字命名的图书馆。可不久他们又通知我，莫斯科市苏维埃拒绝拨款，其实款额极有限。

曾不止一次提起过把莫斯科的凯旋广场和列宁格勒的纳杰日金街改为以马雅可夫斯基命名的广场和街道，但均未实现。

我谈的是几件大事，琐细小事便不说了。譬如遵照教育人民委员部的指示，从1935年的苏联文学课本中删除长诗《列宁》和《好》，对这两首长诗不再提起。

所有这一切都说明我们的机关不理解马雅可夫斯基的巨大意义——他的鼓动作用，他的革命的迫切性，并对共青团员和苏联青年对他的特殊兴趣估计不足。

我独自无法克服这种官僚主义的淡漠和抵制——经过六年的操劳，我向您求助，因为看不出继承马雅可夫斯基巨大的革命遗产还有别的什么办法。

这里引用的虽只是信的摘译，但仍能看出信写得十分高明。莉莉娅通过大大小小的具体事例表明她对马雅可夫斯基的关心，但又让人感到她是马雅可夫斯基唯一的亲人——未亡人。信交给阿格拉诺夫后，莉莉娅惴惴不安，万一估计错误，便会招来杀身之祸。可莉莉娅哪里知道斯大林正等待这封信作为亲自出面干预文学的借口呢，所以阿格拉诺夫把信呈交给斯大林的当日，斯大林便作了如下批示：

"叶若夫同志，我恳请您重视布里克的信。马雅可夫斯基过去是，现在仍然是我们苏维埃时代最优秀的、最有才华的诗人，对他的纪念和他的作品漠不关心是犯罪。我看布里克的申诉是有道理的，请同她（布里克）联系并把她召到莫斯科来。让塔尔和梅赫利斯也参与此事，你们通力弥补我们的损失。如果需要我的帮助我愿尽力。此致！约·斯大林。"

叶若夫是联共中央主管安全保卫的书记，塔尔是中央出版局局长，专门负责替斯大林搜集国内外政治书刊，特别是托洛茨基在国外发表的文章，梅赫利斯则是《真理报》的总编辑。这本是讲纯属文化范围之内的事，按理应批给已成立一年多的作家协会或它的主管部门教育人民委员部，可斯大林却批给同文化教育完全无关的叶若夫。从中可以看出他的用心，他对便于控制的全国作协仍感不满，因为作协由前拉普成员把持，而他们对斯大林突然解散拉普至今仍耿耿于怀，不绝对听命于他。布哈林在第一次作家代表大会上，代表党中央（当然征得他同意）树立帕斯捷尔纳克为诗人榜样，现在看来并不合适。斯大林当时之所以同意布哈林的做法，是因为帕斯捷尔纳克是位远离现实的诗人，同各文学团体和政治派别均无关系，没有任何号召力，不可能聚集同伙形成反对派。但帕斯捷尔纳克对斯大林的恩赐领情不够，尽管卖力地把歌颂斯大林的格鲁吉亚诗歌译成俄文，却把诗集《第二次诞生》中最长的一首诗献给布哈林。不仅如此，他还为阿赫玛托娃被捕的丈夫普宁和儿子列夫·古米廖夫向斯大林求情。斯大林嫌他多管闲事，并且不知道他将会写出什么诗来。斯大林知道最好的诗人榜样是以死去的诗人为榜样，因为他既不会惹是生非，给自己增添麻烦，也不会再写出不合他心意的诗，于是决定用马雅可夫斯基代替帕斯捷尔纳克。此外还有另一层意思：到了1935年斯大林已决心消灭列宁的全部老战友，包括布哈林。当年不树马雅可夫斯基为诗人榜样，同列宁厌恶以马雅可夫斯基为代表的未来派的诗人有关。1921年5月6日列宁在给卢那察尔斯基的便笺中写道："同意出版马雅可夫斯基的《一亿五千万》发行5000册，难道就不觉得可耻吗？胡说八道，写得愚蠢，装腔作势。我认为，这类东西十篇里只能出版一篇，而且不能超过1500册，供给图书馆和一些怪人。"就是对马雅可夫斯基1922年所写的《开会迷》，列宁的称赞也是有保留的："诗写得怎样，我不知道，然而在政治方面，我敢担保这是完全正确的。"布哈林和斯大林当然都知道列宁对马雅可夫斯基的态度，所以布哈林提出树立帕斯捷尔纳克而不树立马雅可夫斯基时，斯大林没提出异议。所以若要消灭布哈林，就必须在全党面前败坏他的名誉，证明他没有政治眼光，选错了对象。1930年马雅可夫斯基自杀不久，托洛茨基在柏林《文学世界》杂志上发表的一篇文章中写道："马雅可夫斯基不是无产阶级文学奠基人，也不可能成为奠基人，其根据同一国不能建成社会主义一样。"斯大林的指示也是对他死敌的还击。斯大林可谓一箭数雕，这一招相当厉害。

叶若夫、梅赫利斯等人开始落实斯大林的指示，掀起宣传马雅可夫斯基的热潮。《真理报》《文学报》都刊登出我们所熟悉的斯大林对马雅可夫斯基的评价，但当然不会刊登批示全文，因此在苏联实行"公开性"之前很少人知道那段话是怎么来的。事先不知道批示的莫斯科市苏维埃主席布尔加宁大卖力气，立即宣布马雅可夫斯基故居为纪念馆，拨款修建，并把凯旋广场改为马雅可夫斯基广场，后来又在广场上矗立起一座马雅可夫斯基全身铜像。批示对于把持作协的前拉普领导人不亚于当头一棒，他们不仅在马雅可夫斯基生前攻击他，在他参加拉普后仍然把他视为同路人，而且在他死后继续攻击他。1988年《真理报》重新发表了1930年4月26日拉普领导人阿维尔巴赫、法捷耶夫和叶尔米洛夫等人致斯大林和莫洛托夫的信，信中指出，马雅可夫斯基的自杀在作家当中造成有害影响，他的朋友们利用他的死大肆颂扬他，甚至把他神化，这更加有害。信中有段画龙点睛之笔："马雅可夫斯基的一生和全部创作，过去是并永远是应当如何改造而改造又如何艰难的例子。"现在他们全都泄了气。马雅可夫斯基的名字从此响遍苏联，后来也响遍中国，连少年时代的我都知道他的名字了。

得到最大实惠的自然是莉莉娅·布里克，她真的获得护身符，谁也不敢碰她。1938年叶若夫接任亚戈达的职务，清洗达到高潮，被清洗的党政要员、军队将帅、知识分子和普通小民不计其数，莉莉娅却安然无恙。历史学家梅德韦杰夫在《斯大林和斯大林主义》一文中写道："斯大林在审查清洗名单时，有时会圈去某个人，不管他的'罪行'如何。这样……斯大林圈掉莉莉娅·布里克，对叶若夫说：'不要动马雅可夫斯基的遗孀。'"但护身符只对莉莉娅和奥西普两位布里克有效，却保护不了她的后夫普里马科夫。普里马科夫作为托洛茨基分子被枪决，莉莉娅的恩人阿格拉诺夫1938年8月"因从事反革命活动"被判处死刑。

莉莉娅1956年65岁时开始写回忆录，但并不完全纪实，还有不少"创作"，将对她不利的人和事隐去，突出对她有利的。马雅可夫斯基研究者对她的回忆录都持谨慎态度，以她给斯大林写信的事为例，她在回忆录中对阿格拉诺夫只字不提，却把功劳记在与她素不相识的克里姆林宫前卫队长马利科夫身上，一口咬定是他把信转交给斯大林的。但她毕竟上了年纪，有些事情记不清了。马利科夫曾担任过卫队长，并受命枪决向列宁开枪的卡普兰，但他1920年便调离克里姆林宫，担任共产国际莫斯科——彼得格勒专列卫队长，以后再没返回克里姆林宫。至于莉莉娅·布里克不提阿格拉诺夫则可以理解，因为最高军事检察院1955年复审阿格拉诺夫案子时，认为他罪行确凿，不予平反。

也许读者想知道莉莉娅对马雅可夫斯基的真实态度，我想引用拉文斯卡娅的另一段话，这是1945年奥西普·布里克死后，莉莉娅对人说的："这对我是第一次真正的痛苦，马雅可夫斯基死了，普里马科夫死了，这只是他们死了，可奥西普死了，我同他一起死了。"

但莉莉娅·布里克却未善终，87岁时肋骨折断，疼痛难忍，服安眠药自杀。

俄国女诗人茨维塔耶娃之死

1941年8月31日，苏联鞑靼自治共和国叶拉布加镇一位妇女上吊自杀了。她的死没有惊动任何人，只有房东大婶说了一句话："她的口粮还没有吃完呢，吃完再上吊也来得及啊！"上吊的妇女便是茨维塔耶娃，今天唯一能同阿赫玛托娃媲美的俄罗斯天才女诗人。但当时她的名字几乎无人知晓，绝大多数苏联读者不知道她，少数知道她的老作家绝口不提她。他们自身有如惊弓之鸟，谁还敢提这位流亡国外17年之久的"白军眷属"呢？茨维塔耶娃被草草埋葬在叶拉布加山丘上。

茨维塔耶娃为什么要自杀呢？要回答这个问题必须先回答她为什么要返回苏联的问题。而后一个问题又同另一个问题相关：她为什么离开苏联？

茨维塔耶娃出身于知识分子家庭，父亲是莫斯科大学教授、著名艺术家，至今参观者仍络绎不绝的莫斯科美术馆便是他一生心血的结晶。母亲是音乐家，弹得一手好琴，并精通几种欧洲语言。但父母对她很少管教，父亲把全部精力倾注在美术馆的创建上，母亲患肺病，长年在国外疗养。茨维塔耶娃14岁时母亲病逝，她和妹妹阿霞更无人管束了，父亲任其自由发展。这种环境养成茨维塔耶娃极端任性、为所欲为的性格。她又天生耽于幻想，惧怕孤独，渴求心灵的知己。她一生多次追求心灵的知己，但眼睛往往被幻想蒙蔽，知己很快变成异己，使自己陷入绝望，唯一解脱的办法便是将心中的痛苦倾吐于诗中。绝望爱情的苦水一旦化为晶莹的诗篇，她便随之解脱，她的爱情诗篇多半都是这样写出来的。由于爱情的对象各不相同，爱情诗篇迥然各异，异彩纷呈。1911年出版的《黄昏集》中的爱情一节，便是她献给初恋对象、大学生尼伦德尔的。尼伦德尔醉心于希腊文化，对17岁的茨维塔耶娃并未动心。茨维塔耶娃因尼伦德尔的冷漠痛不欲生，买了一把手枪到上演她心爱剧目《雏鹰》的剧院开枪自杀。子弹没打响，未酿成惨祸。这当然是女孩子的一时糊涂，但从中却能看出茨维塔耶娃烈火般的性格。

《黄昏集》展现出茨维塔耶娃的诗才，立即赢得大诗人布留索夫、古米廖夫、瓦洛申等人的青睐。瓦洛申对茨维塔耶娃尤为赏识，亲自登门造访，把她领入莫斯科诗坛，并邀请她和妹妹到他的科克杰别里别墅度夏。茨维塔耶娃1911年

5月来到这座位于克里木半岛的偏僻乡村，并在海滩上结识了比她小一岁的中学生埃夫伦，两人一见钟情，半年后便结为伉俪。埃夫伦感情丰富，性情温顺，意志薄弱，是个单纯幼稚、脱离实际的人。埃夫伦的家庭同茨维塔耶娃的家庭迥然不同，父母均属革命民粹派，并是该派恐怖组织最高纲领派的成员，在监禁和流亡中度过一生，母亲1911年在巴黎自缢。在"革命气氛"中长大的埃夫伦同茨维塔耶娃几乎没有相同之处：性格不同，爱好不同，生活习惯也不同，唯一相同的是他们都是早年丧母的孤儿。茨维塔耶娃在热恋中把埃夫伦想象成心灵的知己，并发誓永远不离开他。但很快便感到心灵空虚，而这种空虚是埃夫伦无力填充的。幸好不久女儿阿利娅诞生了，茨维塔耶娃的感情暂时有了寄托。母爱毕竟不同于知己心灵的交融，孤独感很快又控制了她。她那颗骚动的心又开始寻找知己的心灵，终于在女诗人帕尔诺克身上找到。帕尔诺克的诗写得不多，但写得很好，受到大诗人霍达谢维奇的称赞。帕尔诺克是同性恋者，茨维塔耶娃很快便热恋上她。茨维塔耶娃的研究者往往回避茨维塔耶娃这段同性恋，这是没有必要的，因为持续一年半之久的同性恋在茨维塔耶娃的性格上留下明显的烙印。何况茨维塔耶娃在自己的诗集《女友》《少年诗篇》和《致女骑手》中对此供认不讳。茨维塔耶娃在这些诗篇中倾诉了自己的欢乐、羞愧和悔恨。茨维塔耶娃同帕尔诺克1915年底关系破裂，因为这时诗人曼德尔施塔姆闯入她的生活。

茨维塔耶娃同曼德尔施塔姆的友情始于1916年1月，这从曼德尔施塔姆赠送茨维塔耶娃诗集《岩石》上的题字可以确定。此前他们在科克杰别里见过面，"我向海边走去，他从海边走来，在花园门口错过。"茨维塔耶娃后来回忆道。1月20日茨维塔耶娃从科克杰别里返回莫斯科，曼德尔施塔姆追到莫斯科，在那里住了两星期，走后茨维塔耶娃寄给他的第一首诗写道：

> 任谁也没有夺去什么东西——
> 我们身处两地，我为此感到惬意！
> 我亲吻您——超越把我们阻隔的关山千里。

可见友谊已发展成爱情。2月曼德尔施塔姆又返回莫斯科，此后不停地往返于莫斯科和彼得堡之间。茨维塔耶娃同他并肩漫游莫斯科，把象征俄罗斯精神的古迹指给他看，曼德尔施塔姆对俄罗斯精神有了更深的理解。"1916年2月至6月是我生活中最美妙的日子，因为我把莫斯科赠给了曼德尔施塔姆。"茨维塔耶娃写道。但曼德尔施塔姆忍受不了茨维塔耶娃奔放的、无节制的爱情，6月初从莫斯科逃走，两人关系就此中断。对茨维塔耶娃来说这又是一次失恋，短暂的爱情对两人的创作和生活都产生了有益的影响。曼德尔施塔姆妻子回忆道："奔放而有个性的马琳娜（茨维塔耶娃名字），在他身上激发出对生活的热爱，教会他本能的、无节制的爱的本领。"阿赫玛托娃惊奇地发现，一向不善于写女人、不会向女人献诗的曼德尔施塔姆如今学会了。而茨维塔耶娃写的抒情组诗《莫斯科吟》，视野也比先前开阔。她步入创作的新阶段——创作优秀抒情诗集《里程集》的阶段。

茨维塔耶娃的两次恋爱，特别是长达一年半的同性恋，不仅在她性格上留下了烙印，而且可以说影响了她的命运。影响表现在两方面。首先，经过同性恋后，对她来说已不存在任何禁忌，任何情欲和"罪恶"都不再可怕了。其次，破坏了她同埃夫伦的关系。埃夫伦看清妻子同帕尔诺克的关系，十分懊恼，却又无力帮她解脱。为躲避她们，他放弃大学，到军用救护列车当卫生员去了。而这一步便决定了埃夫伦的命运，他不久便正式入伍，被派到下诺夫哥罗德初级陆军学校受训，毕业后分配到第56步兵后备役团服役。"十月革命"爆发时该团调往莫斯科守卫克里姆林宫，被红军击溃后，他同茨维塔耶娃一起逃往科克杰别里。埃夫伦一家都是坚决反对沙皇专制政体的人，而一个偶然的情况却使他成为沙皇专制政体的捍卫者。这不能说同他躲避茨维塔耶娃无关。

布尔什维克夺取政权后，一部分老作家不理解或不接受"十月革命"，茨维塔耶娃就属于这一类。她非但不接受"十月革命"，还同情在顿河流域由沙皇军队科尔尼洛夫、邓尼金将军组建的白卫志愿军。1917年11月，她亲自把丈夫送往白卫志愿军，从此同埃夫伦失去联系。

1917年11月，茨维塔耶娃带着阿利娅和出生不久的二女儿伊琳娜，从科克杰别里返回莫斯科。财产丧失殆尽，靠卖旧物维持生计。到过她家的人目睹了她的惨状：房子空空如也，隆冬天气未生炉子，没有一点储备食物。白天茨维塔耶娃同阿利娅上街卖旧货，把年仅一岁的伊琳娜拴在桌子腿上。"卖东西并不容易，"她说，"我卖的都是我偏爱的东西，所以卖的时候谁也不买。"茨维塔耶娃为了一家能活下去，不得不到乡下弄粮食。她托人办了一份到唐波夫省乌斯曼镇研究民间绣花艺术的证明，便动身到乌斯曼镇去，这是她第一次真正接触革命后的现实。征粮队和护粮队肆意抢劫老百姓的行径令她毛骨悚然，她以后写的特写《自由通行》详细描述了这次出差的经过和她的感触。茨维塔耶娃绝非像有人所说的由于不理解革命才不接受革命，她凭诗人的敏感一下子就理解了革命是暴力，所以才不接受它。她把希望寄托在白卫志愿军上，不仅因为埃夫伦在那里作战，而且相信只有他们才能打败布尔什维克。她从1917年春至1920年12月31日所写的诗中，编选出的诗集《天鹅营》便是她思想的写照。白卫军使她联想起美丽的天鹅，因而把白卫志愿军称为天鹅营。如果对比一下茨维塔耶娃1924年在巴黎完成的长诗《捕鼠人》，便可看出她的立场何等鲜明——竟把布尔什维克比作吞噬一切的老鼠。

这时期，除物质生活异常困难外，茨维塔耶娃的心灵也极其孤寂，对她来说后者比前者更难忍受。她常到瓦赫坦戈夫剧院去，同创作室的演员们接触，为他们写诗剧，但很快就被演员扎瓦斯基迷住。"只能用'入魔'两个字解释。"她自己说。茨维塔耶娃一直渴望心灵的交融，但又认为没有肉体的结合心灵无法交融。1911年4月18日茨维塔耶娃在致瓦洛申的信中曾坦率承认："我有一种无法医治的完全孤独的感觉。旁人的肉体是一堵墙，阻碍我窥视他的心灵。噢，我多么恨这堵墙啊！"过几个月又说，"我主要的热情是同人倾心交谈，可性爱必不可少，因为只有这样才能钻进对方心灵。"这时她对扎瓦斯基潮水般的爱情，扎瓦斯基是立即拒绝还是先接受后拒绝现已无法考证，但最终拒绝则是不容置疑的。这次失恋给茨维塔耶娃带来创作丰收，她在不长的时间内为创作室写了四部诗剧：《暴风雪》《奇遇》《不死鸟》和《命运》，还有一部小说《索涅奇卡的故事》。《命运》最后一幕以《卡桑诺瓦的结局》为标题单独出版。诗剧音节铿锵，朗朗上口，诗剧中男主角都是为扎瓦斯基写的。《索涅奇卡的故事》是为纪念茨维塔耶娃的女友、独幕话剧演员索菲娅·戈利泰而写的，其中的男主人公则影射扎瓦斯基，并对他多有微词。1976年苏联首次发表《索涅奇卡的故事》，已是德高望重的苏联人民演员的扎瓦斯基读了极为恼火，认为茨维塔耶娃在小说中羞辱了他。也许茨维塔耶娃为当年失恋在小说中报复了他?

　　1921年爱伦堡离开苏联时，茨维塔耶娃请他打听埃夫伦的消息。顿河白卫志愿军已被红军击溃，埃夫伦随同白卫志愿军官逃往国外，爱伦堡居然找到正在捷克查理大学读书的埃夫伦。7月1日茨维塔耶娃收到阔别三年半的丈夫的第一封信，立刻觉得生活又充满希望。从这天起茨维塔耶娃忙碌起来，为同丈夫团聚做出国的准备。她费了九牛二虎之力终于替自己和阿利娅办好护照，二女儿伊琳娜已于一年前病死。茨维塔耶娃于1922年5月15日抵达柏林，埃夫伦兴奋得忘乎所以，这从他拍给友人的电报中便能看出："乌拉！马琳娜和阿利娅到柏林啦！详情后述。"可奇怪的是，如此渴望同妻子团聚的埃夫伦一个月后才抵达柏林，并又因"学业繁忙"匆匆返回布拉格了，而茨维塔耶娃却在柏林逗留了两个半月。茨维塔耶娃又陷入爱情旋涡，狂热地爱上缪斯山出版社发行人维什尼亚克，以为在他身上能找到心灵的知己，因为爱过扎瓦斯基之后，茨维塔耶娃称之为"缺斤短两"的世俗爱情已无法满足她对爱情的饥渴了。然而维什尼亚克并非茨维塔耶娃所追求的心灵知己，火热的爱情很快冷却了，化为一组抒情诗，茨维塔耶娃干脆把这组诗题名为《世俗征兆》。茨维塔耶娃刚摆脱世俗的爱情，便纵身扑向知己的心灵。知己便是准备返回苏联的著名诗人安德烈·别雷，他们的恋爱总共不超过一个月。别雷这时已万念俱灰，既不能溶于周围环境，又无法从中超脱，站在返回苏联还是留在西方的十字路口。茨维塔耶娃把他当做迷惑的灵魂，竭尽全力使他振奋起来。她写道："也许一生中我还从未曾这样把自己所能有的全部爱情献给他——用纯真的友情环绕着他。陪他上街，守在他身旁。"但别雷并未深入她的心灵，尽管对她的诗集《别离集》极为赞赏，并承认茨维塔耶娃使他重返诗坛，间断多年后重新写诗。1922年别雷把在柏林出版的诗集取名为《别离之后集》，暗示这些诗是在茨维塔耶娃激发下写成的。他们之间的爱情是半柏拉图式的。茨维塔耶娃两个半月经历了两次爱情，埃夫伦不会不知道，但他又像当年那样躲避了。

茨维塔耶娃带着阿利娅7月下旬抵达布拉格，领到捷克政府为苏联流亡作家所发放的每月1000克朗的资助金，加上埃夫伦的助学金，全家生活有了保障。茨维塔耶娃开始跑图书馆，搜集资料，五年颠沛流离后头一次过上平静的家庭生活。然而茨维塔耶娃的心很快又被爱情点燃起来，并且越烧越旺，险些烧毁这个好不容易团聚在一起的家庭。这次恋爱从同柏林年轻评论家巴赫拉赫通信开始。茨维塔耶娃认为巴赫拉赫对她的诗集《手艺集》的评论公正而深刻，在这位未曾谋面的评论家身上找到心灵知己。她生活的全部欢乐在于同巴赫拉赫通信，并渴望到柏林同他会面。1923年7月至9月茨维塔耶娃所写的诗表露出她对巴赫拉赫的感情，这是母爱掺杂着性爱的特殊感情。以其中的《贝壳》和《刀刃》为例：贝壳显然表示女性的手臂，珍珠则是儿子的象征，母亲的双手抚爱儿子；而在《刀刃》中则听到一对恋人被利刃劈开时令人心碎的哭号。

由于邮局的故障，茨维塔耶娃一段时间没收到巴赫拉赫的信，不知对方是病了还是变了心，痛苦万分，而痛苦有如火中添柴，把爱情之火燃成熊熊烈焰，达到非发泄不可的顶点，于是茨维塔耶娃把一腔爱火发泄在埃夫伦查理大学的同学罗泽维奇身上。罗泽维奇不仅平庸，与诗歌绝缘，政治态度也同茨维塔耶娃截然相反。内战期间他是同白卫军作战的红军指挥员，后被白军俘虏，同他们一起流亡国外，西班牙内战期间曾在国际纵队指挥过一个营。茨维塔耶娃把爱情发泄在他的身上，仅仅因为巴赫拉赫远在柏林，而罗泽维奇近在身边。从茨维塔耶娃同罗泽维奇关系破裂后致巴赫拉赫的信中可以看出不到三个月的时间他们的爱情发展到何等地步："亲爱的朋友，我太不幸了。我同自己所爱并被他爱的人在爱情的顶点被拆散（不是分手），同他在一起我准会幸福……我多想跟他生个儿子啊……这个儿子我都快想疯了，一直期待到最后一刻。"

这两次不幸的爱情都结出丰硕的创作成果。与巴赫拉赫有关的除《贝壳》《刀刃》等诗外，还有组诗《病情公报》，刻画出茨维塔耶娃每天翘盼音书时的焦急心境。因罗泽维奇而产生的两首长诗《山之诗》和《终结之诗》更是茨维塔耶娃诗歌创作的珍品，《山之诗》表达出诗人不祥的预感：爱情燃烧到最旺盛的时刻必将化为灰烬，《终结之诗》

则把剧痛比作万仞高山，突然轰然倒塌，压在女主人公身上。今天的读者也许应当感激这两位平庸的情人，没有他们便没有这些锦囊佳制了。但作为茨维塔耶娃丈夫的埃夫伦却不会这样想，茨维塔耶娃在柏林和布拉格的两次恋爱闹得满城风雨，尽人皆知，这对天性敏感的埃夫伦是莫大的打击，一心渴望和睦家庭的幻想彻底破灭，现在想躲避都无处躲避，只好闭上眼睛装看不见。但内心的羞辱、懊恼、怨恨已冲破隐忍的闸门，让他非向一位深知他和茨维塔耶娃的朋友倾诉不可。于是埃夫伦1923年12月给远在俄罗斯的老友瓦洛申写了一封信，这是一份对研究茨维塔耶娃创作生平极为重要的材料。但根据茨维塔耶娃女儿阿利娅·埃夫伦1975年逝世前立的遗嘱，父母的书信到2000年才能启封。笔者有幸读到这封信，兴奋之余真想全文译出，以飨读者，可惜信太长，这里只能摘译几段：

> 茨是极易动情的人，比先前，我离开时，变本加厉。没头没脑地投入感情风暴成为她的绝对需要，她生活的空气。由谁煽起感情风暴此时并不重要，几乎永远（不管现在还是先前）建筑在自我欺骗上。情人一经虚构出，立即刮起感情风暴。如果煽起感情风暴的那人是

微不足道的人，目光短浅的人，很快便会现出原形，茨便又陷入绝望的风暴。直到新的煽动者出现，绝望才有所减弱……今天绝望，明天狂喜、投入爱情、献出整个身心，过一天重新绝望。而一切都是在敏锐而冷静的头脑支配下发生的。昨天的煽动者，今天则遭到机智的、恶毒的嘲笑。并通通写进书里。一切都将心平气和地、精确地化为诗句。一个硕大无朋的火炉，要点着它需要木柴、木柴、木柴。无用的灰烬抛掉，而木柴的质量并不那么重要。只要通风好，总能燃烧起来。木柴坏，烧完得快，木柴好，烧完得慢。

不用说我早已点不着火炉了。

我到柏林接茨，马上感到我再不能给她什么了。我到达前几天火炉已被别人点着，燃烧的时间不长，以后一次又一次晕头转向。最后的那次对我和她都极为难堪，竟同我的君士坦丁堡和布拉格的朋友幽会，而那人又是个同她迥然不同的人，是她过去经常嘲笑的对象。我的突然离开又一次促成新的感情风暴。

茨巴不得死，她早已失去生存的土壤，这一点她没完没了地说。就算她不说，我也能清楚感觉到。她回家了，可心里老想着别人，人不在跟前反而能使她感情升温。我知道她确信自己失去幸福，当然直到不久就将出现的下一个情人之前。现在一心写献给他的诗，对我视若路人，不让碰她，老发脾气，几乎到了恨我的地步。我既是她的救生圈，又是套在脖子上的磨盘……生活快把我折磨死了。我坠入五里雾中，不知如何是好。一天比一天更糟。

一个月后埃夫伦在致瓦洛申的另一封信中写道：

最近一个时期我总觉得即将返回俄罗斯，也许因为"受伤的野兽"往往爬回自己的洞穴。

从这两封信中不难看出他同茨维塔耶娃的关系，他对茨维塔耶娃的剖析大体上也是不错的。由于他在国外、在家庭中的尴尬处境，使他萌生回国的念头。但埃夫伦清醒地知道自己的身份，苏维埃政权决不宽恕白卫志愿军军官，除非他将功赎罪。如何将功赎罪呢？如果他想过，这时还朦胧不清，像他那样性格软弱的人，没有外来的巨大压力是不会采取行动的。而这种压力后来才出现。

正当茨维塔耶娃柔肠寸断之际，帕斯捷尔纳克向她伸出友谊之手，她也在后者身上找到精神支柱。他们的初次通信正是茨维塔耶娃在柏林逗留期间。帕斯捷尔纳克对茨维塔耶娃的《里程集》推崇备至，茨维塔耶娃同样赞赏帕斯捷尔纳克的诗集《生活——我的姊妹》。他们渐渐从探讨诗歌转入倾诉衷情。但帕斯捷尔纳克在莫斯科而茨维塔耶娃在巴黎，天各一方，无缘相见，于是两人想出许多离奇而无法实现的相会办法。而一旦有了相会的机会，茨维塔耶娃却又失去相会的兴趣。因为相会对茨维塔耶娃意味着生命的结合，如果无法结合，相会便是多余的了。

1931年2月作家皮里尼亚克从莫斯科来到巴黎，并见到茨维塔耶娃。茨维塔耶娃通过皮里尼亚克得知帕斯捷尔纳克已同妻子叶甫娅离婚并再婚后，在致女友的信中写道："我同鲍里斯（帕斯捷尔纳克的名字）的协定已八年（1923—1931），等到生命结合的那一天……我们真正的会面先前将会造成极大痛苦（我和我的家庭，他和他的家庭，我的怜悯和他的良心）。现在不会再会面。鲍里斯不跟在我之前的叶尼娅在一起，而跟另一个女人在一起，那个女人不是我——鲍里斯不是我的，不过是俄罗斯优秀的诗人罢了。我马上放开手。"帕斯捷尔纳克的再婚，对茨维塔耶娃是当头一棒，因为八年来她一直把他当成真正的恋人，未来的丈夫，渴望同他生个儿子，可现在他背叛了她。

1935年6月底，帕斯捷尔纳克奉命前往巴黎参加国际保卫文化作家代表大会，在巴黎停留了十天。经过13年的通信，两位诗人终于见面了，是在大会回廊里见面的。茨维塔耶娃称这次会面是"非会面"，未等帕斯捷尔纳克离开巴黎，便带着她1925年生的儿子穆尔到海边去了。

他们这次会面非但并未加深理解，反而产生新的误解。茨维塔耶娃不理解帕斯捷尔纳克在苏联终日惶恐不安，帕斯捷尔纳克也不知道茨维塔耶娃在巴黎靠借贷度日，几乎巴黎所有的俄侨出版机构都拒绝发表她的作品。帕斯捷尔纳克想告诉她苏联的真实情况，但怎能在大会回廊里说呢？只能悄悄对她说："马琳娜，别回俄罗斯，那里太冷，到处都刮穿堂风。"可茨维塔耶娃没听懂这句话的含意。

这年夏天茨维塔耶娃写了三首叙事诗《从大海来》《租房尝试》和《梯子》，都同帕斯捷尔纳克有关。还写了一组献给帕斯捷尔纳克的抒情诗《电报线》，此外还写了《光雨》和《当代俄罗斯的叙事诗和抒情诗》。前者分析帕斯捷尔纳克的诗歌，后者评论帕斯捷尔纳克和马雅可夫斯基在俄国诗坛上的地位。

后一篇文章提及马雅可夫斯基，我想就此谈谈茨维塔耶娃与马雅可夫斯基的关系，以及马雅可夫斯基对茨维塔耶娃的"影响"。他们相识于20年代初，曾一同为苏联著名导演梅耶霍德译校莎士比亚戏剧。两人对苏维埃政权的态度截然不同，但这并不妨碍互相敬佩对方的诗才。除上文外，茨维塔耶娃1925年11月移居巴黎后，还写过几篇评论马雅可夫斯基的文章，始终把马雅可夫斯基视为天才的诗人。1928年秋天，茨维塔耶娃发表了回忆马雅可夫斯基的文章。在侨民中立即成为众矢之的，正在刊载长诗《天鹅营》的《最近新闻报》甚至腰斩了这首长诗。《复兴报》《日报》和刊物《俄罗斯意志》《现代纪事》紧随其后，中断了同茨维塔耶娃的合作。20年代的侨民作家、编辑从中嗅出亲苏味道，今天茨维塔耶娃的研究者们也据此断定茨维塔耶娃转变了政治态度。文章不长，全文译出："1922年4月28日，我离开俄罗斯前夕，清晨在空无一人的铁匠大街上遇见马雅可夫斯基。'喂，马雅可夫斯基，您有什么话要转告欧洲吗？''真理在这边。'1928年11月3日，天色已晚，我从伏尔泰咖啡馆走出时，有人问我：'听完马雅可夫斯基朗诵后您有何感想？'我不假思索地回答道：'力量在那边'。"

大家都在"力量在那边"这句话上做文章。"力量"当然不是指"力气"，而是指"强权、强大、强盛"。茨维塔耶娃感到马雅可夫斯基的诗体现出苏联的强大或强盛，但这并不意味着茨维塔耶娃同样这样看。她用这句话同马雅可夫斯基那句话对比，含有不承认"真理在这边"的意思。文章发表后，茨维塔耶娃感到她这句话被不少人曲解，所以1932年在《良心光芒照耀下的艺术》一文中明确指出："我们要到哪一天才不把力量当成真理啊！"1928年至1929年，即发表这篇文章的同时或稍后，茨维塔耶娃根据埃夫伦日记写成的长诗《彼列科普》，记叙了白卫志愿军在彼列科普战役中被红军击败的经过，但歌颂的却是白卫军将士忠于神圣事业的精神。把这篇文章说成茨维塔耶娃人生道路的转折点未免牵强附会，但因马雅可夫斯基而同报刊闹翻，因而失去经济来源并几乎陷入断炊的困境却是事实。这便是马雅可夫斯基对茨维塔耶娃的"影响"。

青年诗人施泰格尔是茨维塔耶娃在巴黎最后一个发泄感情的对象。但没有比施泰格尔更不合适的恋爱对象了，他天生不近女色，并是茨维塔耶娃的死对头、巴黎俄侨当中颇有影响的评论家阿达莫维奇的信徒，政治态度接近茨维塔耶娃深恶痛绝的青年俄罗斯派。施泰格尔唯一打动茨维塔耶娃的地方是他孤独一人在瑞士养病，而且患的是肺病，即茨维塔耶娃称之为"亲切的病"，母亲和丈夫都患过的病。茨维塔耶娃并不认识施泰格尔，虽在自己诗歌朗诵会上见过一面，并未留下任何印象。1932年施泰格尔赠给茨维塔耶娃一本自己的诗集《这种生活·卷二》，上面的题词是："献给伟大的诗人茨维塔耶娃。最最忠诚的施泰格尔。"就是这句题词点燃了茨维塔耶娃心中的爱情。她一天一封信，并要到瑞士去看护他。施泰格尔受不了茨维塔耶娃感情风暴的袭击，一个月后便同她断绝关系。茨维塔耶娃重新陷入绝望，愤怒地写道："我本以为有人像需要面包那样需要我，原来他并不需要面包，而需要堆满烟头的烟灰缸。他需要的不是我，而是阿达莫维奇之流。"这次短暂失恋所绽开的花朵是组诗《献给孤儿》，这也是茨维塔耶娃所写的最后一组爱情诗。

茨维塔耶娃把爱情视为知己心灵的融合，肉体的结合是心灵融合必不可少的桥梁，而肉体结合又必然产生新的生命——儿子。她不仅渴望同罗泽维奇生儿子，还渴望同帕斯捷尔纳克、巴赫拉赫生儿子。但在茨维塔耶娃爱情观念中，知己灵魂的融合永远占据首位。她所经历的都是不幸的爱情，为了从中解脱，必须把心中的酸甜苦辣宣泄在诗中。这便是上文提到过的她写爱情诗的独特方法，也是她的爱情诗格外打动人的重要原因。

如果换个角度，从凡人而不从诗人的角度看待茨维塔耶娃的经历，我们也许会同情埃夫伦。他承受了巨大的痛苦，表现出超人的忍耐力。茨维塔耶娃虽然忠于"永不离开他"的誓言，但早已不把他视为心灵的知己了。但埃夫伦却对茨维塔耶娃始终一往情深，他在家里感到极端孤独，不得不在家庭以外寻找安慰。在他交结的朋友当中有不少人具有亲苏倾向，埃夫伦渐渐同他们一起参加苏维埃祖国之友同盟的活动。这个同盟是苏联契卡在国外设立的公开组织，其宗旨是动员俄侨归国或在国外协助他们工作。埃夫伦在家庭穷困得难以生存的压力下，开始替契卡干事，从那儿领取足以维持生计的津贴。但像他那样的人要取得契卡的信任必须有出色的表现。30年代契卡在巴黎相当活跃，干出两件轰动一时的大事。白卫志愿军被红军击溃后，军官们纷纷逃到巴黎。他们在巴黎成立了俄罗斯全体军人联合会，准备重返俄罗斯，同红军再决雌雄。联合会主席库捷波夫将军1930年1月被契卡绑架，1937年9月22日库捷波夫的继任穆勒将军又被契卡绑架。这不能不引起法国政府的关注。几乎就在同时，拒绝返回苏联的契卡成员赖斯1937年9月4日在瑞士被暗杀，而这件事与埃夫伦有关，瑞士政府要求法国政府引渡埃夫伦。法国政府这时才发现埃夫伦不仅参加恐怖活动，还在法国俄侨中为西班牙国际纵队招募志愿人员，而这是违反法国法律的。

巴黎警察局决定将埃夫伦缉拿归案，但埃夫伦早已逃之夭夭，只缉拿到茨维塔耶娃。在审讯过程中茨维塔耶娃才知道丈夫都干了什么事，惊得目瞪口呆，只一再重复："他因信任可能被人欺骗，可我对他的信任始终不变。"这里需要倒插一笔。阿利娅已长成大姑娘，学的是美术，插图画得尤其好，可在巴黎找不到工作。茨维塔耶娃同各俄侨出版机构都吵翻了，他们自然不会请阿利娅画插图。另外，《复兴报》详细报导了埃夫伦参与谋杀赖斯的经过，不仅俄侨们，连一些法国熟人都躲避埃夫伦一家人。契卡这时出面了，劝阿利娅返回祖国，并向她允诺美好的前景，于是年方25岁的阿利娅于1937年3月15日返回祖国。阿利娅回国后给母亲的信中，并未把真实情况告诉她，所以茨维塔耶娃回国后曾愤愤对人说："全是我女儿这坏东西坑害了我。"从另一方面说，埃夫伦未能悄悄干掉赖斯，反而弄得沸沸扬扬，必须立即返回苏联。尽管埃夫伦忧心忡忡，满腹狐疑，但女儿已成人质，只好束手就擒。阿利娅和埃夫伦返回苏联后，茨维塔耶娃失去经济来源，同儿子无法在巴黎生活下去，只剩下回国一条路。契卡也对茨维塔耶娃施加压力，劝她回国，因为她是这桩谋杀案的"活口"，留在国外后患无穷。此时茨维塔耶娃已预感到埃夫伦回国后不会有好下场。她对女友说："我别无选择，不能在危难中抛弃他，我生来就是这样的人。"不久又说，"要是没有穆尔，我决不回俄罗斯。现在只好像狗一样跟他回去了。"

1937年6月18日茨维塔耶娃带着儿子穆尔回到苏联，情况比她预想的还糟，她找不到工作，没有一个老朋友敢同她来往。她去看爱伦堡，竟被爱伦堡拒之门外。最令她伤心的莫过于她一直视为心灵知己的帕斯捷尔纳克对她的态度了，后来帕斯捷尔纳克对文艺学家塔格尔的妻子说："马琳娜回来了，叫我到她那儿去。出门路上碰见卡维林和另一个人，他们对我说千万别去，太危险，因此我没去。"1937年正是大清洗的高潮，老作家人人自危，不知哪天飞来横祸，就被内务部的人带走，谁还敢接触这个在国外待了17年的"白俄"呢？

初回国时，茨维塔耶娃一家住在内务部提供的住宅里。就在这所住宅里，当着茨维塔耶娃的面，内务部1937年8月27日逮捕了阿利娅，以间谍罪判处劳改八年。同年10月10日逮捕了埃夫伦，1941年8月埃夫伦被枪决。埃夫伦被捕后，茨维塔耶娃不能再在这所住宅住下去，搬到埃夫伦姐姐家。茨维塔耶娃在巴黎时曾自豪地说："我的读者在那边。"她在埃夫伦姐姐家举行过一次诗歌朗诵会，来听的都是知识分子，但没有一个人欣赏她的诗，发表诗当然更不可能了。可茨维塔耶娃需要钱，她和儿子要吃饭，儿子还要上学。帕斯捷尔纳克把她介绍给翻译界有影响的人物戈利采夫，戈利采夫给她找些书译，勉强维持生活。帕斯捷尔纳克找过法捷耶夫，请求他关注一下茨维塔耶娃，却遭到后者断然拒绝。但请求还是起了作用，作协在公共住宅里分给茨维塔耶娃一间8平方米的房子。帕斯捷尔纳克办完这几件事后，觉得已经对得起自己的良心了，从此对她不闻不问。

1941年8月8日茨维塔耶娃带着儿子疏散到叶拉布加镇，她为了儿子的学业想迁到作协所在地——奇斯托波尔市去，并申请即将营业的文学基金会食堂录用她为洗碗工。正当作协党组织讨论她的户口问题时，她返回叶拉布加镇自杀了。在她贴身内衣口袋里发现她留给儿子的一封信："小穆尔！原谅我，然而越往后越糟。我病得很重，这已经不是我了。我爱你爱得发狂。你应当明白，我无法再活下去。转告爸爸和阿利娅——如果你能见到他们——我爱他们直到生命最后一息，并向他们解释，我已陷入绝境。"

茨维塔耶娃的女儿阿利娅曾说过："妈妈两次为爸爸毁掉自己的生活。第一次是离开俄罗斯寻找他，第二次是跟他返回俄罗斯。"阿利娅的话未免笼统，也欠公允。埃夫伦离开俄罗斯和返回俄罗斯都出于政治原因，简单而明确。茨维塔耶娃则出于贫困、敌视、感情、义务感等诸多原因，复杂而难以理清。但总不能简单说一个是悲剧的制造者，而另一个则是悲剧的牺牲者。阿利娅忽略了母亲偏激、骚动、无节制的性格在这场悲剧中所起的作用。

1990年，苏联著名记者费·梅德韦杰夫在维也纳访问茨维塔耶娃传记作者、俄国名门贵族后裔拉祖莫夫斯卡娅的时候，曾向她提出两个问题：一、茨维塔耶娃命运中最令她惊讶的是什么？二、茨维塔耶娃返回苏联对不对？

对第一个问题拉祖莫夫斯卡娅回答得简单明了："她的性格，她那种同一切都不协调的性格。"对第二个问题拉祖莫夫斯卡娅没正面回答，只提出自己的设想："她如不回苏联将会怎么样呢？我从另一个角度看这问题。她是1937年6月回国的，9月这里爆发了战争。德国人来了，她的命运将如何呢——很难说，只能设想。我们从她的组诗《致捷克的诗章》中可以看出她对法西斯的态度。至于德国人如何对待她也只能设想，但大概不会发生她返回苏联后那种可怕的悲剧。不管怎么说，这里缺乏逼她自杀的那些原因。"拉祖莫夫斯卡娅曾访问过茨维塔耶娃生前不少熟人，如也住在维也纳的苏联作家马克·斯洛尼姆，应当说她对茨维塔耶娃性格的看法是符合实际的，但未提及茨维塔耶娃不能不回国的原因。

我们也可以设想一下：如果茨维塔耶娃未发生同性恋，埃夫伦并未因此离家出走，她不一次次掀起感情波涛，不蔑视巴黎俄侨界舆论，不同报刊闹翻从而使家庭陷入窘境，而是贤淑的妻子，慈祥的母亲，稿酬丰厚的作家，她的命运又将如何呢？这当然难以回答，因为设想只是一种可能，经历才是确凿的事实。茨维塔耶娃所以这样而不那样，不能不说在很大程度上取决于她的性格。当然，除性格外，还有构成悲剧的其他因素，有些情况我们现在还不得而知。要想如实地道出茨维塔耶娃悲剧的原委，尚待时日——起码我这样想。

帕斯捷尔纳克和他的红颜知己

1996年秋天，我应邀到俄罗斯远东大学任教，五年前我曾在这所大学任教过两年。那时苏联开始解体，政治风云变幻莫测，我被各加盟共和国层出不穷的政治事件弄得眼花缭乱，整天看报看电视，两年内竟未读过一部文学作品，回想起来觉得白白浪费了许多时光。这次决意不看报，不看电视，教学之余只读文学作品。

一天下课回宿舍，路上碰见五年前结识的一位俄罗斯朋友。他大概觉得我对俄罗斯形势的兴趣不减当年，一见面便把手里的《消息报》塞给我，让我快回宿舍看。

午休的时候我随便翻了一下，是9月15日（1996年）的报纸，刚到的，都是竞选国家杜马的消息。刚想放下，一条消息映入眼帘：奥莉加·伊文斯卡娅9月8日在莫斯科逝世，享年84岁。我一下子兴奋起来，一口气读完这篇报道。伊文斯卡娅是帕斯捷尔纳克晚年的知音，创作的缪斯。十几年前我在北京翻译《日瓦戈医生》的情景立即浮现在眼前。

　　记得译第十四章《重返瓦雷金诺》时我曾激动得几次搁笔，无法译下去。暴风雪袭击旷野中久无人住的住宅，四周渺无人迹，只有四只狼对着窗内的灯光号叫。栖身在屋内的日瓦戈医生和拉拉陷入绝境，等待着他们的不是逃脱便是死亡。在这性命攸关的时刻，两颗相爱的心互相温暖、支撑。拉拉的原型便是伊文斯卡娅，日瓦戈同拉拉的爱情便是诗意化的帕斯捷尔纳克同伊文斯卡娅的爱情。

　　帕斯捷尔纳克是苏联著名的诗人、小说家，出身于艺术气氛浓厚的家庭，从小受到家庭的熏染，对欧洲文学艺术造诣很深，还精通英、德、法三国语言。

　　他性格孤僻，落落寡合，同"十月革命"后从工农兵当中涌现出来的作家格格不入，由后者组成的文学团体拉普也把他视为异己。但不知为何他受到布尔什维克领袖布哈林的青睐，在苏联作家第一次代表大会上被树为诗人的榜样。但这并未改变作协领导人对他的态度，因为他们不是前拉普成员便是拉普的支持者。

　　自1935年起，斯大林用死了五年的马雅可夫斯基代替帕斯捷尔纳克。1938年布哈林被处决后，帕斯捷尔纳克在作家圈子里便完全孤立。无产阶级作家不屑同他交往，他对他们也敬而远之；与他同属异己的作家也不敢同他交往。例如，同他教养相似的阿赫玛托娃因丈夫和儿子被捕自身难保，怎敢再连累他。在家庭中，帕斯捷尔纳克同样孤独。第二个妻子奈豪斯虽决然离开前夫义无反顾地把身心献给他，但文化修养的差异使她不能同他在精神上产生共鸣。

帕斯捷尔纳克的心灵渐渐干涸，亟待友人理解的甘露。不久二战爆发，他同全体苏联人民一样投身反法西斯战争中，与绥拉菲莫维奇一起上前线，并获得一枚奖章，暂时忘却了内心的孤寂。战争胜利后他渴望新鲜空气吹进苏联，希望曾令人民胆战心惊的清洗、镇压不再重演。

1946年，他乘着这股清新的风开始写《日瓦戈医生》。就在这一年，他在西蒙诺夫主编的文学杂志《新世界》编辑部里结识了伊文斯卡娅。伊文斯卡娅是编辑还是西蒙诺夫的秘书，说法不一。帕斯捷尔纳克一直是伊文斯卡娅热爱的诗人、崇拜的偶像。她亲眼见到他，激动不已。帕斯捷尔纳克也被伊文斯卡娅超尘拔俗的美貌所震撼，两人目光一接触便激起心灵的火花。帕斯捷尔纳克几天后便把自己所有的诗集签名赠给伊文斯卡娅，并请她到世界著名的钢琴家尤金娜家听他朗读《日瓦戈医生》的前三章。伊文斯卡娅觉得，第二章《来自另一个圈子的姑娘》中的拉拉的气质同自己非常相似。后来，帕斯捷尔纳克便以她为原型塑造拉拉，把伊文斯卡娅的经历也写入这个形象。

伊文斯卡娅第一个丈夫是在大清洗中被迫自杀的,第二个丈夫病故,她同女儿伊琳娜相依为命。拉拉的丈夫也是被迫自杀的,她也同女儿卡佳厮守在一起。

帕斯捷尔纳克同伊文斯卡娅在《新世界》编辑部的邂逅,改变了他们两人的命运,这使伊文斯卡娅历尽磨难,把帕斯捷尔纳克过早地送入坟墓。1946年伊文斯卡娅34岁,帕斯捷尔纳克56岁,但年龄的差异并未阻碍他们相爱。一年后,帕斯捷尔纳克对伊文斯卡娅说:"我对您提出个简单的请求,我要同您以'你'相称,因为再以'您'相称就虚伪了。普希金没有凯恩心灵不充实,叶赛宁没有邓肯写不出天才诗句,帕斯捷尔纳克没有伊文斯卡娅便不是帕斯捷尔纳克。"他们相爱了。

帕斯捷尔纳克在西方的影响超过苏联国内许多走红的作家,这些社会主义现实主义大师多次荣获斯大林奖金,他们的作品被选入中学文学课本,他们的名字几乎家喻户晓,可国外却没人听说过他们。但欧洲文化界都知道苏联有个帕斯捷尔纳克,自1945年至1957年,他十次被提名为诺贝尔文学奖候选人。这必然招致苏联作协领导人的嫉妒,他们想出种种压制帕斯捷尔纳克的办法,不发表他的作品,迫使他向他们靠拢、低头。帕斯捷尔纳克并未屈服，见诗作无处发表，便译书维持生计。他所翻译的《哈姆雷特》和《浮士德》受到国内外一致好评，威望反而增高。

为制服帕斯捷尔纳克，1947年，苏联莎士比亚研究者斯米尔诺夫对他的译文横加挑剔，致使已经排版的两卷译文无法出版。同年3月，作协书记苏尔科夫在《文化与生活》杂志上发表《论帕斯捷尔纳克的诗》一文，指责帕斯捷尔纳克视野狭窄，内心空虚，孤芳自赏，未能反映国民经济恢复时期的主旋律。

然而，帕斯捷尔纳克依然我行我素，不买作协的账，除继续译书外，潜心写小说《日瓦戈医生》，并把写好的章节读给邻居丘科夫斯基、伊万诺夫和伊文斯卡娅听。有时，他还在伊文斯卡娅家给她的朋友们朗读。

作协为了教训帕斯捷尔纳克，阻止他写《日瓦戈医生》，想出一个狠毒的办法，1949年10月9日逮捕了伊文斯卡娅，罪名是她伙同《星火画报》副主编奥西波夫伪造委托书。帕斯捷尔纳克明白伊文斯卡娅与此事无关，逮捕她的目的是为了恫吓自己，迫使他放弃《日瓦戈医生》的创作。他无力拯救自己心爱的人，除悲愤和思念外，把所有精力都投入到小说写作中。他被传唤到警察局，民警把从伊文斯卡娅家中抄出的他的诗集退还给他。帕斯捷尔纳克拒绝领取，声明诗集是赠给伊文斯卡娅的，已不属于他，应归还原主。

帕斯捷尔纳克的倔强态度使监狱里的伊文斯卡娅受罪更大，审讯员对她连轴审讯，让耀眼的灯通宵对着她的眼睛，不让她睡觉，一直折磨她三天三夜，逼她交待"犹太佬"的反苏言行。帕斯捷尔纳克是犹太人，审讯员都管他叫"犹太佬"。为了压下她的"气焰"，审讯员把她关进太平间，暗示帕斯捷尔纳克已死了，她还死撑什么？伊文斯卡娅一人在几十具蒙白布的尸体之间并不害怕，一一揭开白布，发现没有自己的爱人，反而增加了对抗的勇气。这时，审讯员发现她怀有身孕，便不再审讯她，把她送入波季马劳改营。她同其他女劳改犯用铁镐刨地时流产了，这是她和帕斯捷尔纳克的孩子。伊文斯卡娅在劳改营里关了五年，1953年才被释放。

伊文斯卡娅在劳改营期间，帕斯捷尔纳克无法同她联系，每次忆起他们在一起的情景便痛不欲生，写了不少思念她、赞美她的诗：

我们常无言对坐到夜深，

你埋头女红我手捧书本，

直到天明我们竟未发觉，

记不清何时才停止接吻。

当生活陷入烦恼与痛苦，
为我阻拦了绝望之路，
你的美就在于勇气十足，
就是它把你我牢牢系住。

伊文斯卡娅释放后，帕斯捷尔纳克急于见她又怕见她，五年的折磨不知会把人变成什么样子。帕斯捷尔纳克见到伊文斯卡娅后惊喜万分，劳改非但未摧毁她的精神，也未改变她的容颜，她依然楚楚动人。他们的关系更加密切，伊文斯卡娅不仅是帕斯捷尔纳克温柔的情人，还是他事业的坚决支持者。拉拉的形象可以说是他们共同创造的，伊文斯卡娅的亲身经历丰富了拉拉的形象。形象原型参与形象塑造在文学史上也属罕见。从此，帕斯捷尔纳克的一切出版事宜皆由伊文斯卡娅承担，这是帕斯捷尔纳克的妻子奈豪斯无法胜任的。帕斯捷尔纳克对这两个女人的态度同日瓦戈医生对妻子东尼娅和拉拉的态度一样，对妻子深感内疚，下不了决心同她离异，因此也无法同伊文斯卡娅正式结合。

1956年，帕斯捷尔纳克写完《日瓦戈医生》，把稿子同时交给《新世界》杂志和文学出版社。《新世界》编辑部否定了小说，把稿子退还给作者，还附了一封由西蒙诺夫、费定等人签名的信，严厉谴责小说的反苏和反人民的倾向。接着，文学出版社也拒绝出版小说。

1957年，意大利出版商费尔特里内利通过伊文斯卡娅读到手稿，欣赏备至，把手稿带回意大利，准备出版意文译本。他同帕斯捷尔纳克洽商时，帕斯捷尔纳克提出必须先在国内出版才能在国外出版。伊文斯卡娅又去找文学出版社商议，恳求他们出版，并提出他们可以随意删去他们无法接受的词句以至章节，哪怕出个节本也行，但遭拒绝。

这时，被称为"灰衣主教"的苏斯洛夫出面了，要求帕斯捷尔纳克以修改手稿为名向费尔特里内利索回原稿。帕斯捷尔纳克照苏斯洛夫的指示做了，但费尔特里内利拒绝退稿。苏斯洛夫亲自飞往罗马，请求意共总书记陶里亚蒂出面干预，因为费尔特里内利是意共党员。没料到费尔特里内利抢先一步退党，并在1957年底出版了《日瓦戈医生》的意文译本，接着欧洲又出版了英、德、法等各种语言的译本，《日瓦戈医生》成为1958年西方最畅销的书。

苏联领导人发怒了，大概不完全由于小说内容，因为他们当中谁也没读过这本书，而是由于苏斯洛夫亲自出马仍未能阻止小说出版丢了面子。就其暴露苏联现实的程度而言，《日瓦戈医生》不如1956年在国内出版的杜金采夫的小说《不单是靠面包》。为何容忍杜金采夫却不容忍帕斯捷尔纳克？读过手稿的西蒙诺夫、费定等人愤怒是因为他们无法理解社会主义现实主义以外的作品，当然还夹杂着嫉妒等感情因素。至于广大群众则因为领导人愤怒而愤怒，这已成为他们根深蒂固的习惯了。党一直是这样教育他们的，他们相信领导人的每句话。总之，帕斯捷尔纳克成为众矢之的。报刊连篇累牍发表抨击《日瓦戈医生》的文章，可是没一位文章作者读过这本小说。许多作家本来就同他关系疏远，现在躲避唯恐不及，只有几位老作家见面同他打招呼。他大部分时间都同伊文斯卡娅在一起，她对帕斯捷尔纳克忠贞不贰，预言小说迟早会被苏联人民接受，劝他原谅现在反对他的人，并挺身而出，把一切责任都揽在自己身上。

伊文斯卡娅被苏斯洛夫召到苏共中央，苏斯洛夫对她厉声申斥，并追问帕斯捷尔纳克同意大利出版商费尔特里内利的关系。伊文斯卡娅一口咬定手稿是她转交的，同帕斯捷尔纳克无关，帕斯捷尔纳克得知后坚持先在国内出版。苏斯洛夫召见伊文斯卡娅后，对帕斯捷尔纳克的批判进入新阶段，一些天真的学生还到帕斯捷尔纳克住所前骚扰，使他终日不得安生。

伊文斯卡娅找到同上层关系密切的费定，向他郑重声明，如果继续骚扰帕斯捷尔纳克，她和帕斯捷尔纳克便双双自杀。她的威胁果真发生作用，1958年10月以前帕斯捷尔纳克得到了短暂的安宁。1958年10月23日，瑞典文学院宣布将1958年度诺贝尔文学奖授予帕斯捷尔纳克，以表彰他在"当代抒情诗和伟大的俄罗斯叙事文学传统领域所取得的重大成就"。帕斯捷尔纳克也向瑞典文学院发电报表示感谢："无比感激、激动、光荣、惶恐、羞愧。"当晚，丘科夫斯基和伊万诺夫两家邻居到帕斯捷尔纳克家向他祝贺。次日清晨，第三个邻居费定来到帕斯捷尔纳克家，不理睬正在厨房准备早餐的奈豪斯，径直上楼走进帕斯捷尔纳克书房，逼他公开声明拒绝诺贝尔文学奖，不然作协将开除他的会籍。并让帕斯捷尔纳克到他家走一趟，苏共中央文艺处处长波利卡尔波夫正在那里等候他。帕斯捷尔纳克拒绝发表声明，也不肯同他去见波利卡尔波夫。费定急忙回去向波利卡尔波夫汇报。奈豪斯见费定匆忙离去，脸色阴沉，连忙上楼看丈夫，只见帕斯捷尔纳克晕倒在地板上。作协对帕斯捷尔纳克施加的压力越来越大，但他始终未屈服。他在致作协主席团的信中写道：

任何力量也无法使我拒绝人家给予我——一个生活在俄罗斯的当代作家，即苏联作家——的荣誉。但诺贝尔文学奖金我准备转赠给保卫和平委员会。

我知道在社会舆论压力下必定会提出开除我会籍的问题，我并未期待你们会公正对待我。你们可以枪毙我，将我流放，你们什么事都干得出来。我预先宽恕你们，但你们用不着过于匆忙，这不会给你们带来幸福，也不会增添光彩。你们记住，几年后你们将不得不为我平反昭雪。在你们的实践中这已经不是第一次了。

然而过了几小时，帕斯捷尔纳克同伊文斯卡娅通过电话后，立即到邮电局给瑞典文学院拍了一份电报："鉴于我所从属的社会对这种荣誉所作的解释，我必须拒绝这份决定授予我的、我本不配获得的奖金。希望勿因我自愿拒绝而不快。"与此同时，他也给党中央发了份电报："恢复伊文斯卡娅的工作，我已拒绝奖金。"

帕斯捷尔纳克为了捍卫荣誉不畏惧死亡和流放，但荣誉在爱情面前却黯然失色。为使伊文斯卡娅免遭迫害，帕斯捷尔纳克一切都在所不惜。

然而一切都晚了，听命于领导的群众在当时团中央第一书记谢米恰特内的煽动下，在帕斯捷尔纳克住宅前示威，用石块打碎门窗玻璃，呼喊把帕斯捷尔纳克驱逐出境的口号。如果不是印度总理尼赫鲁直接给赫鲁晓夫打电话，声称他本人准备担任保卫帕斯捷尔纳克委员会主席的话，帕斯捷尔纳克很可能被驱逐出境。在一连串猛烈的打击下，帕斯捷尔纳克身心交瘁，一蹶不振。他孤独地住在作家村，心脏病不时发作，很难出门。奈豪斯不准伊文斯卡娅进他的家门，他们两人极少见面，甚至无法互通消息。

1960年5月30日，帕斯捷尔纳克溘然逝世。官方当然不会举行任何追悼仪式，报上只发了一条消息："文学基金会会员帕斯捷尔纳克逝世。"连他是诗人、作家都不承认了。但他的诗歌爱好者们在作家村贴出讣告，被民警揭掉后又重新贴上。

帕斯捷尔纳克下葬的那天，成千上万的人到他的住宅同他告别。奈豪斯不准伊文斯卡娅同他告别，伊文斯卡娅在门前站了一夜，最后只能在人群后面远远望着徐徐向前移动的灵柩。此时她五内俱焚，晕倒在地。但她万万没料到等待着她的是更大的磨难。

帕斯捷尔纳克逝世后，伊文斯卡娅同20岁的女儿伊琳娜同时被捕，罪名是向国外传递手稿并领取巨额稿酬。伊文斯卡娅除了在莫斯科给意大利出版商看过《日瓦戈医生》手稿外，从未向国外传递过任何手稿，至于稿酬则更是一戈比也未领取过。当局把对帕斯捷尔纳克的气都撒在伊文斯卡娅身上，她被判处四年徒刑，伊琳娜两年。赫鲁晓夫下台后，伊文斯卡娅才被释放。

她同帕斯捷尔纳克相爱了13载，共同经历了人生旅途的惊风骇浪。她把这一切都写入了回忆录《时间的俘虏》中，书名取自帕斯捷尔纳克1956年所写的抒情诗《夜》的最后一节：

> 别睡，别睡，艺术家，
> 不要被梦魂缠住，
> 你是永恒的人质，
> 你是时间的俘虏。

冷月葬诗魂

——俄罗斯诗人曼德尔施塔姆寻踪

深秋，黄昏时分，漫步海参崴街头，耳际不觉响起不久前在列宁格勒听到的一首悲凉的歌曲：

> 列宁格勒！列宁格勒！我不愿这样死去，几位亲友的地址还铭刻在我心底……

这是根据苏联诗人奥西普·曼德尔施塔姆的诗句谱成的歌曲，是诗人被捕前痛苦的呻吟。这首歌曲70年代曾风靡全国，到90年代唱的人就不多了，时代变了。我是泛舟涅瓦河时偶然听到的，立刻被它那凄婉的旋律打动。从曼德尔施塔姆联想到海参崴的二道河子，诗人就埋葬在那里。我一到海参崴便想凭吊这位时乖命蹇的诗人，但总被各种琐事干扰，一直未能如愿。今天忽然下了决心，于是我改变散步路线，乘车直奔二道河子。可汽车开到头道河子便不能往前开了，我便徒步向二道河子走去。二道河子已属郊区，离头道河子有很长一段距离，所以等我走到二道河子，爬上小区最高点，天色已经暗了。俯首眺望，除金角湾微微颤动的金色浪花，海湾四周数不清的高楼的灯火，路灯下山楂树血红的山楂果，什么也看不见。仰望天空，只见半轮冷月。想找老住户打听一下，有没有人知道曼德尔施塔姆埋葬的地方，但四周空无一人，无人可问。我只好截住一辆返城汽车，向司机说了一大堆好话，并付给他双倍车钱，败兴而归。

近十几年，苏联失宠而有才华的诗人、作家被陆续介绍到中国来，我们也可以坦然欣赏叶赛宁和阿赫玛托娃的诗篇，布尔加科夫和帕斯捷尔纳克的小说了，但对二三十年代苏联诗坛奇才曼德尔施塔姆却介绍得不多。这并不奇怪，因为1987年他彻底平反前，苏联一直未出版过他的诗集。

1938年12月曼德尔施塔姆瘐死海参崴二道河子劳改营转运站后，他的名字便完全消失，没人敢再提起。直到1946年8月，苏联第二号人物日丹诺夫在他所做的《关于"星"和"列宁格勒"两杂志的报告》中，才第一次提到他的名字。他站在讲坛上，破口大骂阿赫玛托娃，猛烈抨击阿克梅派，从而带出曼德尔施塔姆是自然而然的事。因为曼德尔施塔姆是这个以古米廖夫为首、与象征派颇为相似的文学团体的重要成员，并同阿赫玛托娃有着特殊的友谊。他们自1911年春天相识至1937年秋天诀别，友情始终不渝。

日丹诺夫报告后14年，曼德尔施塔姆的名字重新出现，这次是出现在爱伦堡1960年发表的回忆录《人·岁月·生活》里。爱伦堡不仅回忆他们之间的交往，介绍他的遭遇，还高度评价他的诗歌创作。字里行间流露出作者对亡友的深情。爱伦堡写曼德尔施塔姆是冒着一定风险的，因为1956年7月31日苏联最高法院只确认曼德尔施塔姆1938年第二次被捕"罪证不足"，但对1934年第一次被捕却只字未提，留下一条曼德尔施塔姆仍是"人民的敌人"的尾巴。爱伦堡在回忆录中写道："曼德尔施塔姆没什么可指责的。难道可以指责一个热爱生活的人吗？而他的弱点和力量正在于他热爱生活，……这个身体孱弱的人又能妨碍谁呢？"然而生前死后都有人不放过他。

1913年阿克梅出版社出版了曼德尔施塔姆诗集《岩石》，他便以此登上诗坛。《岩石》不仅受到诗坛盟主布柳索夫以及其他领袖人物勃洛克、古米廖夫的赞誉，并打动彼得堡和莫斯科千百个诗歌爱好者的心。一时间曼德尔施塔姆成了与布柳索夫、勃洛克和古米廖夫齐名的诗人。当年饮誉诗坛的巴尔蒙特、维·伊万诺夫、吉皮乌斯等人也不能望其项背。他经常同勃洛克、古米廖夫和阿赫玛托娃一起在诗歌晚会上朗诵自己的诗。他的诗抒发了个人在历史大动荡前夕内心的冲动、矛盾和惶恐。他的诗句铿锵，极富音乐性，钻入听众耳朵里，嵌在心坎上。有人说曼德尔施塔姆的诗不是写出来的，而是从心里流淌出来的，比他成名稍晚的叶赛宁说他是天生的诗人，"有了他的诗，我们还写什么？""天生的诗人"的比喻对曼德尔施塔姆并不恰当，因为"天生的诗人"很多，叶赛宁本人就是一个。曼德尔施塔姆无时无刻不沉浸在诗歌创作中，同诗以外的世界完全隔绝。说他是诗囚，容易使人联想到贾岛，他同贾岛毕竟不同，姑且称他为诗痴吧。这样完全不通世故的人，在布尔什维克为巩固政权而同白军拼死厮杀、国内生产濒于瘫痪、百姓难以果腹、知识分子活动受到钳制的20年代，命运就已经注定。

近代瑞士心理学家荣格说，每个人必须戴上一幅人格面具才能存在于社会之中。人格面具既能保护自己，又能同他人相安无事。不戴或不会戴人格面具的人，必将被社会吞噬。这种人不是极端幼稚，便是有心理残疾。爱伦堡说曼德尔施塔姆"生活上轻率，艺术上严格"；女诗人奥多耶夫采娃说别人向他求援时，他定倾其所有。但有时也像孩子般自私，他需要的时候就不分你我的了。这些都是他不会戴人格面具的表现。

1920年秋天，曼德尔施塔姆在乌克兰海滨城市费奥多西亚被南方武装力量（白军）总司令弗兰格尔的部队抓获，白军认定他是布尔什维克间谍，把他关进单人牢房。曼德尔施塔姆拼命敲牢房门，大声喊道："快放我出去，我天生不是坐牢的。"诗友沃洛申闻讯赶去营救，沃洛申对白军说："你们看他哪点像间谍，他是诗人曼德尔施塔姆。"白军遂释放了曼德尔施塔姆。但不久曼德尔施塔姆再次被捕，而且仅为一只鸡蛋。曼德尔施塔姆离开费奥多西亚来到基辅，一天他忽然想吃砂糖拌蛋黄。他有一点砂糖，只缺鸡蛋，便上集上去买。他身上只有39个卢布，他花7卢布在女摊贩那儿买了一个鸡蛋，便转身往回走。路上他碰见一个卖巧克力的，40卢布一块，立刻被吸引住，怎么也无法压下购买巧克力的欲望。但他只剩下32个卢布，还差8个卢布。他忽然灵机一动，对小贩说："我只剩32个卢布，再添上这只鸡蛋行不行？"小贩同意了，但他没料到女摊贩一直盯着他，所以他们刚一成交，女摊贩便尖叫起来："快抓投机倒把分子！他7卢布买了我的鸡蛋又8卢布卖出！"曼德尔施塔姆以奸商罪名被抓起来，鸡蛋打破了，32个卢布被偷走。

曼德尔施塔姆再不想在乌克兰待下去，决意返回彼得堡。那时从乌克兰到彼得堡必须经过孟什维克占领的格鲁吉亚，曼德尔施塔姆一到第比利斯便被孟什维克以布尔什维克和弗兰格尔的双料间谍的罪名逮捕。孟什维克以为捕获了一个大角色，洋洋得意，竟在报纸上发表了一则消息。格鲁吉亚诗人从报纸上才看到双料间谍原来是诗人曼德尔施塔姆，立即联名把他保释出来。曼德尔施塔姆说他"天生不是坐牢的"，恰恰相反，像他那样不戴人格面具、无法适应生活环境的人，他的朋友们都懂得而唯独他不懂的"沉默是金"这条格言的人，在当权者几乎把知识分子同贵族等同起来的年代，他天生就是坐牢的。

曼德尔施塔姆深夜抵达彼得堡，半夜三更去敲格·伊万诺夫的家门。彼得堡的文人不见得都做过亏心事，但半夜敲门对他们仍无异于鬼叫门。所以等格·伊万诺夫把该处理的都处理完才去开门时，曼德尔施塔姆已僵倒在楼道上。格·伊万诺夫看见敲门人是曼德尔施塔姆，喜出望外，连忙把他扶进屋里，给他端上热茶和面包干。等曼德尔施塔姆缓过来后，格·伊万诺夫马上问他："你证件齐全吗？""证件？当然齐全。"曼德尔施塔姆不无自豪地从口袋里掏出证件。格·伊万诺夫一看暗暗叫苦，只说了一句："你又想坐牢了吧？"曼德尔施塔姆困惑不解地望着格·伊万诺夫：

"难道证件不齐全？我好像没丢什么呀！"格·伊万诺夫耐着性子向他解释道："你这是弗兰格尔占领下的费奥多西亚公安局发给彼得堡工厂主儿子曼德尔施塔姆的证件，可这里是苏维埃政权，持这种证件的人是要坐牢甚至枪毙的。你赶快去找卢那察尔斯基，让他给你发一份苏维埃证件。赶紧把这份证件撕掉，并且不许对任何人提起。"

卢那察尔斯基和高尔基为了给彼得堡、莫斯科以文为生的诗人、作家们找碗饭吃，设立了"世界文学出版社"和教育人民委员部戏剧处，都是形同虚设的机构。世界文学出版社什么译稿都接受，反正不准备出版，只付点稿酬以维持译者生活就行了。戏剧处是专供莫斯科苏维埃主席加米涅夫的妻子加米涅娃消闲解闷的地方，什么事也不干，但在这个处供职的人也能有口饭吃。为争这个位置，高尔基第二个妻子安得烈耶娃还同卢那察尔斯基翻了脸。按理，这个位置理应给她，因为她毕竟是演员出身，而加米涅娃革命前不过是个助产士。

先前靠稿费生活的人，都同这两个机构搭上关系。曼德尔施塔姆自然也不例外，所以他认识了卢那察尔斯基和加米涅娃。加米涅娃虽对文学艺术一窍不通，却喜欢以作家、诗人和艺术家的保护人自居，这位克里姆林宫的贵妇也确实为自己的"下属"做过一些好事。

新经济政策出台前，"十月革命"前发行的报刊均被查封，作家已无处发表作品了。但文章憎命达，偏偏在这时乖命蹇之时，曼德尔施塔姆的创作出现高峰。清词丽句有如清泉，从心底潺潺流出，但只能以手抄或口传方式流传。正如阿赫玛托娃所说，曼德尔施塔姆不需要古腾贝格（德国印刷术发明者）的发明。这倒有点像70年代苏联民间说快板的维索茨基。他那些针砭时弊、嘲讽权贵的快板风靡全国，家喻户晓，可哪个出版社也不肯出他的快板集。

创作的丰收并没给曼德尔施塔姆带来起码的生活保障，他照旧过着半饥半饱的日子。时间一长，他身上那种儿童般的自私便表现出来了。有吃的东西可以毫不犹豫地分给别人，没吃的东西便心安理得地吃别人的，并且不管是谁的。一天，曼德尔施塔姆同年轻女诗人奥多耶夫采娃一起在艺术之家用早餐，一人一盘大麦粥。奥多耶夫采娃刚坐下便被人叫走，过一会儿回来一看，自己的大麦粥已被曼德尔施塔姆吃光。奥多耶夫采娃火了，这可是她一天的定额啊。她质问曼德尔施塔姆为什么吃她的粥，曼德尔施塔姆眨眨眼说以为她不饿，或许能在别的地方弄到东西吃，可他太饿了，所以吃了她的粥，请她别见怪。曼德尔施塔姆是她崇拜的诗人，为一盘粥她还能说什么呢，只好无可奈何地摇摇头。

曼德尔施塔姆神经脆弱，经受不住生活的重压，心理失去平衡，出现精神分裂症的迹象。他身体孱弱，胆子极小，见了牙科大夫都发抖，可失去自控时，又勇猛得像头猛兽。

"十月革命"后出现过几个传奇女性，她们以自己的业绩、特殊的性格受到革命领袖的青睐，同那些夫贵妻荣的贵妇完全不同。赖斯纳就是其中之一，她天生喜欢猎奇、冒险。1919年红军同邓尼金志愿军作战时，她不顾劝阻，登上海军舰艇，潜入敌方阵地侦察地形，居然安全返航。苏联剧作家维什涅夫斯基的剧本《乐观的悲剧》中的女政委便以她为原型。女政委身穿皮夹克，腰别手枪，孤身一人来到一群无政府主义水兵当中。经过种种冲突、交锋，终于制服水兵，把他们训练成能征善战、纪律严明的红色海军战士。50年代初期北京曾上演过这个剧本，干脆改名为《女政委》。赖斯纳后来嫁给海运副人民委员拉斯科利尼科夫，同克里姆林宫的关系神秘莫测。那时勃洛克等知名作家每天的定额只有几十克面包外加一块咸鱼，而赖斯纳却天天享用黑鱼子、各种烧烤、新鲜蔬菜和水果，葡萄酒、伏特加酒更不在话下。她喜欢以作家自诩，经常宴请自己的穷"同行"。1918年春天曼德尔施塔姆参加过一次她举行的宴会，曼德尔施塔姆对她并非一无所知，曾对妻子说："赖斯纳请客是替契卡帮忙，把契卡要抓的人统统请来，以便在酒宴上把他们一网打尽。"但饥肠辘辘的曼德尔施塔姆经不起佳肴美馔的诱惑，还是同诗友库兹明一起去了。曼德尔施塔姆无暇四顾，进门便坐下大嚼。偶一回头，看见斜对面坐着布柳姆金，正一杯杯喝伏特加。布柳姆金是左翼社会革命党人，又是契卡成员。曼德尔施塔姆认识他，因为他曾有意介绍曼德尔施塔姆加入契卡。布柳姆金酒喝多了，从上衣口袋里掏出一卷空白逮捕证放在桌上。逮捕证都是签过字的，只要填入某人姓名，那人便遭逮捕。旁边有人对布柳姆金说："伙计，你干什么呢？来，为革命干杯。"布柳姆金回答道："等一下，我先填完姓名再喝，……西多罗夫……西多罗夫是谁？枪决。彼得罗夫……哪个彼得罗夫？枪决。"

在宴会上，笔尖一动，便枪杀一个人或逮捕一个人，还有比这更可怕的场面吗？这时望着布柳姆金的曼德尔施塔姆陡然变色，突然像豹子一样向他扑去，一把抓起桌上的逮捕证，把它们撕得粉碎，然后冲出大门。等布柳姆金反应过来，曼德尔施塔姆早已跑得不知去向。跑到街上后，曼德尔施塔姆才发现帽子大衣留在赖斯纳家了。他在街心花园椅子上坐了一夜，自知自己闯了杀身之祸，次日天一亮便找赖斯纳求救。赖斯纳认为布柳姆金的举止有损契卡的形象，便以保护人的姿态，带曼德尔施塔姆去见捷尔任斯基。捷尔任斯基听完他们汇报后，向曼德尔施塔姆伸出手说："您做得完全对，任何一个正派人处在你的处境都会这样做，布柳姆金应该枪决。"但曼德尔施塔姆仍担心布柳姆金报复，连夜逃往乌克兰。当然，布柳姆金未被枪决。不久他又干了一件令列宁极为恼火的事：1918年7月6日刺杀了德国驻苏大使米尔巴赫。众所周知，签订布列斯特和约遇到多大困难，列宁费了多大力气才说服自己的战友。但和约签订了四个月零两天，德国大使便被杀害了。列宁勒令捷尔任斯基缉拿凶手，但不知为何捷尔任斯基未能把老部下缉拿归案。列宁死后不久，布柳姆金便又大摇大摆地出现在列宁格勒街头。

1920年至1934年，14年间世界文学出版社和戏剧处发生很大变化。先是高尔基1922年出国治病，世界文学出版社失去靠山。碍于高尔基的面子虽未撤销，但已改变它的赈济宗旨。接着由于加米涅夫倒台，加米涅娃也从贵妇降为贱民，戏剧处随之寿终正寝，只苦了靠这两个机构吃饭的作家。这时虽已成立国家出版社、创办《新世界》等文艺刊物，但这些出版机构是为无产阶级作家服务的，旧文人发表作品依然困难。1925年曼德尔施塔姆出版过一本自传体散文集《时代的喧嚣》，这是他在苏维埃时代所出版的唯一的一本书。1922年他出版了第二本诗集《哀歌》，但那是在德国出版的。14年间曼德尔施塔姆没有固定工作，没有住房，除短期到过乌克兰一趟之外，一直在列宁格勒和莫斯科朋友间打游击，靠翻译和朋友们接济维持生计。1922年在基辅同娜杰日达·哈津结婚，从此这位身体衰弱但意志坚强的女人便同他相濡以沫，一直陪伴到他第二次被捕。娜杰日达在他被捕后不仅全力抢救诗稿，还为我们留下一部珍贵的回忆录。

弗洛伊德把"性压抑"视为作家创作的动力源，中国有人认为这种观点偏颇，改为"良知压抑"，用这两种观点解释曼德尔施塔姆早期诗歌未尝不可。据阿赫玛托娃说，曼德尔施塔姆迷恋过的女人可以开出一张长名单，其中有不少人知道的女诗人茨维塔耶娃，还有阿赫玛托娃自己。他的很多诗都是献给她们的。同许多敏感的诗人一样，在真理与强权搏斗的时代，"良知压抑"自然也会成为他们创作的动力源，然而导致他毁灭的那首讽刺诗用"性压抑"或"良知压抑"解释便显得苍白无力了。1928年斯大林取得彻底胜利，他大权独揽，专断独行，镇压异己，社会空气极不正常。斯大林强制实行农业集体化时，曼德尔施塔姆到乌克兰去了一趟，亲眼看到富饶的乌克兰哀鸿遍野，辽阔的原野上到处可见饿死的人。这种强烈刺激使他再次失去自控能力，1933年11月写下这样一首诗：

我们活着，感不到国家的存在，
我们说话，声音传不到十步外，
哪里只要一听到悄悄的话音，
就让你想起克里姆林宫的山民。
他那粗大手指肥壮如青虫，
他的话有一普特秤砣那么重，
一双蟑螂眼睛露出盈盈笑意，
两只靴筒闪耀着光彩熠熠。
细脖子头头们对他众星拱月，
半人半妖的怪物任他戏弄取乐，
有的吱吱，有的咪咪或抽泣，
就让他一个人厉声粗气地称呼"你"。
他送人的指令像连连钉马蹄铁掌——
朝大腿，朝脑门，朝眉心或眼眶，
每判定一次死刑，他感到欢欣，
总要挺挺奥塞梯人特有的宽胸。

（顾蕴璞译）

这便是诗人眼里30年代初的苏联现实。人人自危，领袖为所欲为，掌握着千百万苏联人的生杀大权。党政领导人阿谀领袖以自保，正派人一个个被消灭。但这还只是大清洗前的苏联现实。斯大林在世时，矛头直指他的诗，除曼德尔施塔姆这首诗外，没有第二首。人们生活在现实中，都已学会保护自己，只有曼德尔施塔姆没学会。

曼德尔施塔姆曾把这首诗读给阿赫玛托娃、帕斯捷尔纳克等诗友听，他们听后吓得魂飞魄散，叫他赶快把这首诗忘掉，免招杀身之祸。曼德尔施塔姆接受朋友们的劝告，把诗忘掉。但他是个轻率的人，又极为轻信，难免向别人提起。结果有人告密，而告密者必定是作家圈子里的人。1934年5月13日曼德尔施塔姆被逮捕，而逮捕证是内务人民委员亚戈达亲自签署的，可见案情之重大。然而消息传出后，他的作家朋友们非但没躲避他、揭发他，反而挺身而出，奔走相救。这是在苏联文学史上作家们唯一一次表现出忠肝义胆。以后作家一旦罹难，同仁们多半落井下石，连保持沉默的都很少。如1946年对左琴科和阿赫玛托娃的批判，1958年对帕斯捷尔纳克的批判，其结果都是一致通过把他们开除出作家协会。"十月革命"后高尔基营救过不少作家以及其他知识分子，以他的威望、同列宁的友谊，他个人的安全系数是百分之百，营救的成功率也相当高。但1918年7月16日他所主持的《新生活报》被查封后，情况起了变化，营救的成功率大为降低。为勃洛克出国治疗的事在列宁那儿碰了个软钉子，又同彼得堡和莫斯科两位实权人物季诺维也夫和加米涅夫吵翻。季诺维也夫对高尔基也不客气，下令查抄了高尔基在彼得堡克龙伟尔克大街上的住宅。这时，高尔基营救谁，谁必定遭殃，成功率变成失败率，但他个人的安全系数仍是百分之百。阿赫玛托娃、帕斯捷尔纳克同高尔基的处境完全不同，是冒着生命危险去营救曼德尔施塔姆的。逮捕证是亚戈达签署的，而亚戈达是克里姆林宫实权人物，所以要想营救曼德尔施塔姆只能求助于他所讽刺的对象斯大林本人了。阿赫玛托娃通过一位演员找到中央执行委员会主席团书记叶努基泽的秘书，神奇地钻进克里姆林宫，请求叶努基泽向斯大林为曼德尔施塔姆求情。帕斯捷尔纳克同曼德尔施塔姆的关系并不亲密，帕斯捷尔纳克崇拜曼德尔施塔姆的诗才，读过他所有的诗，但曼德尔施塔姆对帕斯捷尔纳克的诗所知甚少，尚未完全认识到他的价值，所以同他谈话时往往像教授训导学生似的。但帕斯捷尔纳克一听到曼德尔施塔姆被捕的消息，马上跑到《消息报》找布哈林，恳求他向斯大林为曼德尔施塔姆说情。布哈林立即给斯大林写信，请求减轻对曼德尔施塔姆的惩处，在信尾还提到："帕斯捷尔纳克同样不安。"这时帕斯捷尔纳克一家住在公共住宅里，所谓公共住宅，即每层楼上住几家，但共用一个厨房和厕所，全楼有一部电话。帕斯捷尔纳克找过布哈林后，一天突然接到斯大林从克里姆林宫打来的电话。斯大林告诉他将重新审理曼德尔施塔姆的案子，问他为什么不营救自己的朋友，如果是斯大林自己的朋友，斯大林就是跳墙也要去营救。帕斯捷尔纳克说如果他不营救，斯大林未必知道这桩案子，尽管他同曼德尔施塔姆之间谈不上深厚友情，他不过爱惜曼德尔施塔姆的旷世之才罢了。斯大林问他为什么不找作家组织，帕斯捷尔纳克回答道："作家组织1927年以后便不管这类事了。"接着帕斯捷尔纳克说想同斯大林见面，谈谈极为重要的问题。斯大林问什么问题，帕斯捷尔纳克回答道："关于生与死的问题。"斯大林没有回答，挂上电话。

斯大林的电话使曼德尔施塔姆朋友们心上的石头落地了，相信对他会从轻发落，因为按刑法58条，宣传鼓动反苏罪，是可以判处死刑的。

斯大林的电话不仅震惊整个公共住宅，也成为轰动一时的新闻，很快传遍莫斯科。不少人对帕斯捷尔纳克的态度发生一百八十度大转变，进出作协，有人替他脱穿大衣；进食堂，马上有人让座；请朋友吃饭，作协代为付款。

曼德尔施塔姆改判流放三年，只在卢比扬卡监狱里蹲了16天，被审讯员提审了两三次，便同妻子一起流放到乌拉尔的切尔登市。这时曼德尔施塔姆已患精神分裂症，一到切尔登市疗养院便从窗口跳出，觉得后面有人追捕他。切尔登位于东乌拉尔，曼德尔施塔姆不适应那里的气候，电请莫斯科改换流放地，内务部也答应了，改为气候温和的沃罗涅日。这在当时算最轻不过的判决了，看来朋友们的营救没有白费。

但并非所有作家都爱惜曼德尔施塔姆的诗才，同情他的遭遇。50年代中期曾风行中国的苏联小说《幸福》的作者巴甫连科便憎恨曼德尔施塔姆，并在曼德尔施塔姆的悲剧中扮演了极不光彩的角色。1934年曼德尔施塔姆第一次被捕时，巴甫连科曾躲藏在卢比扬卡监狱审讯室的柜橱里，偷看曼德尔施塔姆受审。他后来津津有味地对人说，审问曼德尔施塔姆时，曼德尔施塔姆精神恍惚，答非所问，裤子老往下掉，两手不停地提裤子。

曼德尔施塔姆夫妇流放到沃罗涅日后，生活平静，可以不受干扰地读书、听音乐和散步。但曼德尔施塔姆除了替当地报刊、剧院临时打打杂外，仍无固定收入，依然食不果腹。1934年夏天和1936年2月爱伦堡和阿赫玛托娃分别到沃罗涅日探望他。但他们自己度日艰难，朝不保夕，无力长期接济他。1938年春天曼德尔施塔姆同爱伦堡在莫斯科最后一次见面时，爱伦堡脱下半新的皮夹克给他，这件不合身的皮夹克他一直穿到海参崴。

曼德尔施塔姆流放期满后生活仍无着落，几次到莫斯科和列宁格勒求援。从1938年曼德尔施塔姆第二次被捕的审讯记录上可以看出他到这两地去的目的，曼德尔施塔姆回答审讯员的提问时说，流放期满后他迁居加里宁市，在那里找不到工作，所以想通过作协找份工作；另外，想得到两地同行的接济，并听取他们对他新作的批评。审讯员问谁接济过他，曼德尔施塔姆说有特尼扬诺夫、丘科夫斯基、左琴科、卡达耶夫兄弟等人。一时的接济当然解决不了生计问题，于是走投无路的曼德尔施塔姆便把全部希望寄托在苏联作家协会总书记斯塔夫斯基身上，第二次被捕前夕他给斯塔夫斯基写了一封信：

尊敬的斯塔夫斯基同志：

刚才鲁波尔（主管世界文学研究所和国家文学出版社）向我宣布，一年之内国家文学出版社不会给我任何工作。编辑先前的约稿作废，尽管鲁波尔曾肯定过：

"我们早就想出这本书了（指请曼德尔施塔姆译龚古尔兄弟的《日记》）。"

毁约对我是极大的打击，因为这便失去治疗的任何意义。前途将是崩溃。请您促成此事并予以答复。

奥·曼

然而曼德尔施塔姆太天真了，他哪里知道他所求助的人正精心编织捕捉他的网呢。

几乎与曼德尔施塔姆写这封信的同时，斯塔夫斯基也写了一封信，是写给内务人民委员叶若夫的，叶若夫是亚戈达的后任，而亚戈达一个多月前同布哈林等人一起被枪决了。信的内容如下：

敬爱的尼古拉·伊万诺维奇（叶若夫的名和父称）：

一部分作家对曼德尔施塔姆极为敏感。

众所周知，由于下流的诽谤诗和反苏宣传，三四年前曼德尔施塔姆被流放到沃罗涅日。他流放期已满，现同妻子居住在莫斯科郊区（"规定区"外）。

实际上他经常去莫斯科，住在朋友家，主要是文学家家里。他们支持他，替他凑钱，把他制造成"受难者"——一个无人承认的天才诗人。卡达耶夫、普鲁特以及其他文学家为他撑腰，并发表言词尖刻的言论。

为了缓和因曼德尔施塔姆所造成的紧张气氛，我们通过文学基金会救济过他，但这并不能解决曼德尔施塔姆的全部问题。

这不仅是他用下流诗句诽谤党的领导和全体苏联人民的问题，而是某些著名作家对他的态度问题，因此我向您求援。

近一个时期曼德尔施塔姆写了一系列诗，我曾请人读过，他们认为这些诗并无多大价值（作家巴甫连科的评审意见随信附上）。

再次请您协助解决曼德尔施塔姆的问题。

致以共产主义敬礼。

符·斯塔夫斯基

那位1934年曾偷听曼德尔施塔姆受审的巴甫连科，在评审意见中除否定曼德尔施塔姆是天才诗人外，重点放在分析曼德尔施塔姆后来所写的歌颂斯大林的诗上。他认为那些诗里语言疙疙瘩瘩，用这种语言歌颂领袖是极不严肃的，说明作者态度轻率，巴甫连科拐弯抹角地暗示曼德尔施塔姆写过讽刺斯大林的诗，竭力引导阅读评审意见的人联想起那首诗。巴甫连科当然知道，谁将看他写的评审意见。

1938年是大清洗席卷全国的年代，不计其数的无辜者遭到清洗。清洗对象已不限于文人、社会革命党和立宪民主党成员，而已经是党政军的要人了。列宁战友李可夫和布哈林也被送上审判席；苏联五大元帅中的三位，图哈切夫斯基、布柳赫尔（即加伦将军）和叶戈罗夫被枪决；剩下的两位，布琼尼和伏罗希洛夫也岌岌可危。1939年内务部的人包围了布琼尼的住宅，这位驰骋疆场的骑兵统帅端起机枪便向内务部人员扫射，逼得他们只好向后退。布琼尼赶紧给斯大林打电话：

"斯大林同志！发生了反革命叛乱，有人来抓我。我向您保证：决不让他们活捉。"斯大林听了哈哈大笑，命令叶若夫：

"放过这个傻瓜吧，他对我们没危险。"

赫鲁晓夫把30年代后期的大清洗比作脱缰野马，能驾驭它的只有斯大林和叶若夫。斯塔夫斯基向叶若夫求援，等于把曼德尔施塔姆送到刽子手手里。斯塔夫斯基为什么一定要除掉身心交瘁的诗人呢？大概想借此巩固自己在作协的地位。作协总书记或主席都是在文学界有威望的人，他的前任高尔基如此，他的后任法捷耶夫、费定等人也如此。唯独斯塔夫斯基，不仅在老一辈作家眼中，即便在同辈或晚辈作家眼中也毫无分量。如果不是他有过陷害曼德尔施塔姆这段不光彩的历史，今天恐怕不会有人知道他。除掉曼德尔施塔姆，能在著名作家心理上产生一种威慑作用。

但不知为何叶若夫竟把这封信压了一个多月，直到5月2日才下令逮捕曼德尔施塔姆，这大概同布哈林有关。讽刺斯大林的诗已受到过惩处，再为那首诗逮捕曼德尔施塔姆只能说明斯大林当时处理不当，现在由叶若夫重新纠正，叶若夫没有那么大胆子，所以重新逮捕曼德尔施塔姆需要新的罪证。从布哈林家里搜出曼德尔施塔姆致布哈林的信和他亲笔签名的赠书便是确凿的证据，证明他们是一伙的，这时旧账新账便可以一起算了。曼德尔施塔姆被判处劳改五年，从1938年4月30日算起。

9月7日曼德尔施塔姆从卢比扬卡监狱押上开往滨海边区的火车，驶往一万公里以外的海参崴市。火车行驶了一个多月，10月12日抵达海参崴。犯人被押到海参崴郊区二道河子劳改营转运站，转运站隶属苏联东北劳改营管理局管辖。转运站的任务是对犯人进行"筛选"，体力强的送往科雷马开采金矿，身体弱的暂时留在转运站，以后再分别押往其他劳改营。①

路上曼德尔施塔姆已被折磨得半死不活，精神崩溃，并患了偏执狂，时刻觉得有人要谋害他，押送人员发的食物绝不入口。他有时请押送队的人到车站替他买个小面包，他先分一半给身旁的人，自己用被子蒙头偷看。看到吃完面包的人安然无恙，才从被子里钻出来吃另一半。

在正常社会里，患心理疾病者也比患生理疾病者难于被人理解，更何况在畸形社会的劳改营里。曼德尔施塔姆的古怪举止只会招致辱骂和殴打。

到劳改营转运站后他被"筛选"下来，在"筛选"下来的人当中仍是身体最虚弱的，并照例不吃劳改营发的食物。他请看守替他买白糖，认为白糖最有营养，可以维持生命，但他仅有的46个卢布很快就花光了。

二道河子劳改营转运站分设三个劳改营：女营、男营

---

① 曼德尔施塔姆在二道河子劳改营转运站的情况没留下官方材料，只有同营难友的回忆录。这些人大部分是在40年代中期至50年代中期获释的。在劳改营里不可能记录，释放后忙于别的事未能把有关曼德尔施塔姆的见闻及时记录下来。有的在十年后，有的甚至在50年后才写出来，而这时他们已是耄耋之年了。不确切之处，互相矛盾之处在所难免，但基本情况都很近似。本文所使用的材料主要取自1991年2月22日莫伊谢延科在《消息报》上发表的回忆录，部分使用了著名生理学家克列普斯、生物学家梅尔库罗夫等10人的回忆录。

（包括刑事犯和58条犯，即反苏宣传犯）和中国营。中国营里关押的是中长铁路职工，"张鼓峰事件"后押往西伯利亚的克拉斯诺亚尔斯克。海参崴关押中国人的事我在1956年就听一位前辈朋友说过。我问他："你又不是中长铁路的，干吗关你？"他说因为黑头发，我说日本人也是黑头发，况且张鼓峰事件是日本人打苏联，关他们才对。他说斯大林不想得罪日本人，一个也没关，个别的被遣送回日本。当时我万分惊讶，无法理解。多年以后看到曾在中国引起轩然大波的《苏日中立条约》，这时我才明白斯大林的用意。《条约》是苏联外交人民委员莫洛托夫和日本外相松冈洋右1941年4月13日签订的。《条约》还附了一份宣言，其中有两句话特别刺眼："兹特郑重宣言，苏联誓当尊重满洲国之领土完整与神圣不可侵犯性；日本誓当尊重蒙古人民共和国之领土完整与神圣不可侵犯性。"这两句话对仗工整，用词准确，不可能产生歧义。

在囚犯当中人的价值是以体力衡量的。前列宁格勒拳击冠军玛托林，别说58条犯，就连刑事犯也怕他那双拳头。但他从不欺负人，他的哲学是人应当活得像人。而瘦弱矮小的曼德尔施塔姆，谁都敢欺负他。牢棚棚长、前列宁格勒演员今天让他睡顶铺，明天又让他睡下铺，任意折腾他。再加上他举止古怪，挨打挨骂更是家常便饭。这时曼德尔施塔姆已没有钱买糖吃了，只好吃看守送来的食物。按规矩，看守送来后由棚长喊编号，喊到谁谁来领取自己的那一份。可没等棚长喊编号，曼德尔施塔姆便去抢头一份，立刻被人打翻在地。玛托林正巧进来，马上制止众人，把他扶起来。玛托林问怎么回事，大家告诉他曼德尔施塔姆违反了规矩。玛托林弄清情况后，对大家说，曼德尔施塔姆不等喊编号就抢食物，违反了规矩，但他只拿了自己应有的一份，并未侵犯别人利益，不该动手打他。他又问曼德尔施塔姆，干吗要去抢呢，你那份又跑不了。曼德尔施塔姆说，他觉得只有第一份没下毒，其余的都下毒了，他怕被毒死，所以抢头一份。至于是否毒死别人，他没有想到。曼德尔施塔姆得到玛托林保护，安全了一阵子，可惜玛托林不久便被押解到别的劳改营去了。

据同营难友、著名生物学家梅尔库罗夫回忆，曼德尔施塔姆衣衫褴褛，骨瘦如柴，老纠缠着别人听他念诗，被大家赶来赶去，都说他是疯子。有一次他来到梅尔库罗夫的牢棚，对他说："您得帮我个忙！""帮什么忙呢？"梅尔库罗夫问道。"跟我来吧！"他们走到空无一人的中国牢棚，曼德尔施塔姆脱掉衣服，对他说："请把我衣服上的虱子打干净！"梅尔库罗夫照办了。曼德尔施塔姆说："将来有人会写文章，题目是《生物学副博士替别雷之后第二位诗人打虱子》。"曼德尔施塔姆对诗人安德烈·别雷最为推崇，不大喜欢勃洛克，承认帕斯捷尔纳克是位有趣的诗人，但尚未成熟，对爱伦堡感情最深。曼德尔施塔姆穿上打干净的衣服，分手时对梅尔库罗夫说："您是坚强的人，定能活着出去。一定要找到爱伦堡！我到死都思念他。他有颗金子般的心。"曼德尔施塔姆相信，只要爱伦堡知道他的遭遇，总有一天会将其公之于世。

劳改营里的医生们都对曼德尔施塔姆很好，他们替他找到一份不需要体力的差事：看管从死人身上扒下来的衣物，并从中选出一件皮大衣送给他过冬，还增加了他的口粮定额。但就是这份差事他也没干好，又转回原先的牢棚。这时他的怀疑症加重，又不吃看守送的食物，饿得受不了时便去垃圾堆里拣东西吃。奇怪的是他并不怕刑事犯毒害他，他们也从不欺负他，还时常把他请进他们牢棚，用罐头、白面包款待他。曼德尔施塔姆在这伙杀人犯、盗窃犯当中悠然自得，津津有味地吃着白面包和鱼罐头。有时还给他们朗诵自己的诗，有人听不懂时他便用口语解释，然后再朗诵一遍。

到海参崴两个半月后，1938年12月27日，曼德尔施塔姆死了。死亡日期是准确的，但患的是什么病，死在医院还是牢棚，又埋葬在何处，便众说纷纭了。官方说法是死于心脏病和坏血病，也有人说死于动脉硬化，还有人说是活活饿死的。但不知为什么没有人说死于斑疹伤寒和痢疾，而这两种肆虐于劳改营中的传染病曾夺走了千百人的生命，医院单号病房里堆满了尸体。

曼德尔施塔姆同棚同铺难友莫伊谢延科这样写道：

> 12月底，过几天就到新年了。早上把我们押到澡塘进行卫生处理，但那儿根本没水。命令我们脱掉衣服，把衣服送进烘烤房烘烤，把我们赶到大棚的另一端，等待烘烤过的衣服。那边更冷，还有股硫磺味和烟味。这时两个光着身子的人倒下了，失去了知觉。看守跑过来，从衣袋里掏出两小块三合板，用细绳系在倒下人的脚趾上，一块三合板上写的是："奥·曼德尔施塔姆。反苏宣传罪。劳改10年。"接着便往尸体上倒氯化汞。所以曼德尔施塔姆死在医院的说法是不对的。

莫伊谢延科的说法较为可信。一代诗人便这样赤条条地去了，但他并非无牵挂，他牵挂亲人和朋友。到二道河子后他未收到过家里寄来的包裹，那时，收到包裹证明家人暂时平安无事；如果寄出的包裹被退回来，家里人便知道他们的亲人已经不在了。犯人和家属便以这种方式互相传递凶吉。曼德尔施塔姆的弟弟收到哥哥从二道河子寄来的一封短信，但曼德尔施塔姆却未收到妻子寄出的包裹。

曼德尔施塔姆死后官方未发表消息，他妻子只通知了极少数的几个朋友。他们哀痛万分，却不敢公开悼念他。流亡国外的朋友得知他的死讯后，虽然为他举行悼念活动，写文章悼念他，但他们微弱的声音是传不进苏联的。一度蜚声诗坛的诗人便这样默默地消失了。

曼德尔施塔姆死后一个多月，即1939年1月30日，曼德尔施塔姆的妻子收到邮局退回的包裹，知道丈夫已离开人世。这个日子她记得特别清楚，因为1月30日全国各大报纸都公布了荣获勋章的作家名单。勋章分三等：列宁勋章、劳动红旗勋章和荣誉奖章，其中以列宁勋章等级最高。而荣获这项殊荣的作家名单中，巴甫连科的名字赫然在目。

时代前进，历史无情，沉冤十载、几十载乃至半世纪的无辜受害者终于昭雪。1956年苏共二十大后，大批冤案得到平反，以反苏宣传罪判刑的人纷纷从劳改营返回故里。苏联最高法院以"缺乏罪证"为理由为曼德尔施塔姆第二次被捕平反，但对第一次被捕却只字未提，留下一条尾巴，因此国家文学出版社从《诗人丛书》的作者名单中删掉曼德尔施塔姆的名字。直到1987年11月9日曼德尔施塔姆文学遗产委员会才收到苏联副总检察长的一封信："经复查，曼德尔施塔姆1934年被捕同样缺乏罪证。"读者会问，为什么1956年不能为两次被捕一起平反呢？原因并不复杂，在克格勃的档案中存有曼德尔施塔姆审讯时亲笔录写的讽刺斯大林的短诗和巴甫连科的告密信。如彻底平反，这两份材料必将公之于众。从曼德尔施塔姆手录讽刺诗的字迹上可以看出克格勃对他施行过酷刑。他手不能握笔，一个字母要描三四次。1989年《莫斯科新闻》在第15期上刊登了曼德尔施塔姆手迹的复制件，不少人看后都落泪了，尽管克格勃对犯人施行酷刑早已人所共知，但它却不敢公开承认。公布克格勃档案材料，无异于自己揭发自己，不仅克格勃反对，苏联当局也决不答应，因为1956年克格勃仍是苏联政权统治人民的柱石。巴甫连科的信显然不是评审意见，那份材料是斯塔夫斯基附在自己信里寄给叶若夫的。不然1989年老作家卡维林读过信后也不会愤怒地写道："由此可以得出结论：正是巴甫连科呈交斯大林或内务部的信（如果坦率说——是告密）害死了曼德尔施塔姆。"公布巴甫连科的信必将剥掉四枚勋章获得者的外衣，现出为人民所痛恨的告密者的原形。这不仅有损于已故作家的形象，也影响作协领导人的威信。这就是拖了21年后曼德尔施塔姆才得以彻底平反的原因。

　　苏联定1991年为曼德尔施塔姆年。各出版社都将出版他的诗集，5月莫斯科还将举行盛大的纪念活动。我也想在回国前凭吊一下他的坟墓，弄清关押过他的劳改营的位置。接受上次教训，想请一位了解当年劳改营情况的人陪我同行，便去找市文化局局长马尔科夫先生，请他推荐一位熟悉这段历史的人。没想到马尔科夫本人便是地方志学者，并搜集过曼德尔施塔姆在海参崴服刑的材料。3月初的一天下午他开车接我，我同他一起重访二道河子。车开到小海市小区停住，我们下车步行到沃斯特列佐夫大街。他说这就是当年劳改营的营区，当年这里叫工兵丘，是个大山坡，山坡上铲出四块平地，每块平地上都设有用防雨布和圆木头搭的牢棚。从曼德尔施塔姆自海参崴寄给弟弟的信中知道他住在11牢棚，11牢棚位于沿山坡向下第二块平地最后的一排，他带我沿街向下走去，走到第51中学，沃斯特列佐夫大街51号，他说这就是第11牢棚的旧址。当然，当年的痕迹一点也没有了，同其他小区街道没有区别。至于曼德尔施塔姆葬在何处，他说没有人知道也不可能有人知道，因为1938年秋天劳改营里斑疹伤寒、痢疾等疾病蔓延，每天死几十甚至几百人，挖个一米多深的大坑便把死人成摞埋了。他指着街心公园里的一把椅子说，不久前从莫斯科来凭吊曼德尔施塔姆的诗人叶甫图申科便把花篮放在这把椅子上。这时夜幕降临，居民楼里的窗口亮了，仿佛千百只眼睛从四面八方望着我们，暗暗笑我们徒劳的探寻。我们走进街心公园，坐在曾放过花篮的椅子上，默默地坐了很久。我从曼德尔施塔姆联想到他们那代作家悲惨的命运，不必说茨维塔耶娃和叶赛宁了，勃洛克的命运同样悲惨，咽气前才批准他出国治疗。他们都是不谙政治、手无寸铁、潜心创作的人，就不能对他们宽容点？然而斯大林没有宽容他们。于是出现了俄罗斯文化的断裂，文化接力队中缺少了一批传递接力棒的高手，其后果人们至今仍未完全认识到。这时一轮冷月悬在天边，像千百万年一样，无动于衷地把清辉洒向人间，洒向山丘和大海。马尔科夫站起来，说时间不早了，该回家了，我们便驱车返回市内。

法捷耶夫之死

1956年5月13日，莫斯科作家居住的城区别列杰尔基诺，即作家村，响起枪声。枪声发自法捷耶夫别墅，但无人听见。小儿子上楼招呼爸爸吃饭，看见爸爸倒在血泊中，惊吓得哭喊着跑下楼。作家弗·伊万诺夫和费定赶到时，该区民警和克格勃上校已在那里。法捷耶夫侧身倒在床上，血从胸口流出。床边椅子上摆着斯大林画像，桌上放着致党中央的信。民警拿起信，被上校一把抢过，厉声说："这是给党中央的信。"

法捷耶夫在二十大"解冻"时期开枪自杀，弄得苏共领导人非常尴尬。伏罗希洛夫说："萨沙（法捷耶夫名字昵称）把我们害苦了！"赫鲁晓夫更为恼火，视为对他的示威，干脆否定法捷耶夫给党中央写过信。34年后，1990年《苏共中央通报》第十期公布了法捷耶夫致苏共中央的信：

法捷耶夫遗书

我看不出再活下去的可能，我为之奉献终生的艺术已被党的自负而无知的领导所扼杀，现已无法挽救。优秀的文学干部在当权者罪恶的纵容下，或被从肉体上消灭，或被折磨至死，其人数之多，甚至历代沙皇暴君做梦也难想到。优秀文学人才过早夭亡，余下的多少能创作具有真正价值作品的人，活不到四五十岁。

文学——这最神圣的事业——遭到官僚主义分子和人民当中最落后分子的蹂躏，并从"最高"讲坛上，如从莫斯科党代表大会或二十大的讲坛上，响起"抓住它"的新口号。那条准备"改正"文学现状的路线令人愤慨：拼凑一帮无知的人，除为数不多的几个因遭受迫害而无法讲真话的人外，做出完全违背列宁主义的结论，因为这些结论来自伴随同样"棍子"威胁下的官僚主义的积习。

我们这代人在列宁在世时怀着何等自由和开拓世界的感觉步入文学，心里充满多少用之不竭的力量，我们创作出并仍能创作出多少完美的作品啊！

列宁死后我们被贬低到孩童地位，被消灭，被意识形态恫吓，人们却把这一切称之为"党性"。而现在，到了一切都能改正的时候，肩负改正的人所表现出的却是粗浅、无知和无以复加的自负。文学落入平庸、卑劣和爱记仇的人的手中，少数心存妒火的人陷入贱民的处境——况且他们年事已高，不久于人世，心中已无任何创作欲望……

我为共产主义伟大创作而生，16岁便同党、工人和农民结合在一起，况上天赋我以非凡才华，并充满只有人民生活才能产生的崇高情怀，而人民生活又同共产主义美好的理想结合在一起。

但我被变成一匹拉车的马，一生吃力地拉着不计其数的平庸的、不合理的、任何人都能胜任的官僚主义事务。甚至现在当我总结自己一生的时候，多少呵斥、训斥、训诲以及不过是思想意识的毛病向我袭来，而我本应是我国优秀人民引以为荣的人，因为我具有真正的、质朴的、渗透着共产主义的天才。文学——这新制度的最高产物——已被玷污、戕害、扼杀，暴发户们在以列宁学说宣誓时他们的自负就已背离伟大的列宁学说，这令我对他们完全不信任，因为他们将比暴君斯大林更恶劣。后者还算有知识，而这些人不学无术。

作为作家，我的生活失去任何意义，我极其愉快地摆脱这种生活，有如离开向我泼卑鄙、谎言和诽谤脏水的世间。

最后希望告诉掌管国家权力的人，已经过了三年，尽管我多次求见，他仍不接见我。

请把我安葬在母亲墓旁。

亚·法捷耶夫

1956年5月13日

法捷耶夫是地道的无产阶级作家，他的小说《毁灭》堪称社会主义现实主义的典范。他在文学界一直身居高位，1934年苏联作协成立后便是领导人之一。1946年至1954年任作协总书记，1939年至1956年还是苏共中央委员。这样的大人物自杀必然引起社会震动，而党中央不得不向人民交代。于是在苏共中央主席团成员苏斯洛夫和书记处书记谢皮洛夫的策划下，讣告附了一份医生鉴定："多年以来法捷耶夫嗜酒成性，并愈演愈烈。近三年发作次数益加频繁，以致引起心肌和肝硬变。他曾在医院和疗养院多次治疗（1954年四个月，1955年五个半月，1956年两个半月），5月13日再次发作，在心情极度抑郁下开枪自杀。"中央想告诉人民，法捷耶夫死于酗酒，与政治无关。而法捷耶夫的遗书戳穿了官方的谎言，明白无误地表明他对苏共新领导的文艺政策完全失望，以死抗争。讣告所加的医生鉴定是赫鲁晓夫对他的报复，党中央用讣告宣布自己的中央委员（二十大后法捷耶夫降为候补中委）死于酗酒是没有先例的。

法捷耶夫17岁入党并参加远东游击队同日军作战，1921年被远东人民革命军选为出席党的十大的代表，同年3月同十大其他代表一起参加镇压喀琅施塔得暴乱，腿部受伤留莫斯科治疗，后入矿业学院学习。1925年加入文学团体拉普主办的杂志《十月》，1927年出版小说《毁灭》。拉普是20年代初几个青年人组成的无产阶级文学团体，30年代已发展成遍及全国的强大的组织。斯大林看到拉普这样发展下去可能对他个人的权力构成威胁，1932年4月突然决定解散拉普及所有文学团体，成立便于统一领导的作家协会。拉普多数领导成员，都反对这项决定。同年9至10月法捷耶夫在《文学报》以《旧与新》为标题发表系列文章支持斯大林的决定，法捷耶夫的行为被拉普领导成员视为叛变，遂与他绝交，但他却得到斯大林的赏识。斯大林对敢于违抗他意志的人从不留情，拉普主要领导人均被镇压，唯独也曾是拉普领导成员之一的法捷耶夫成了斯大林的红人。

法捷耶夫同斯大林的关系，用爱伦堡的话来说，是严守纪律的士兵同权力无边的总司令的关系。总司令在士兵面前永远正确，他的每句话对士兵都是命令。法捷耶夫年轻时就"爱上了党"，把斯大林视为党的化身，对他赤胆忠心，肝脑涂地。他曾对爱伦堡说："我最怕母亲和斯大林，但也最爱他们两人。"而斯大林却仅把法捷耶夫当成有用的工具——"文学总管"，通过他领导文学。法捷耶夫负责解释、贯彻、执行他的每项指示，表达他的好恶和情绪变化。但法捷耶夫真心热爱文学事业，美学趣味与斯大林并不相同，对作品往往有自己的看法，并且自尊心很强，这对无条件执行总司令命令的士兵无疑是致命伤。

帕斯捷尔纳克是布哈林在第一次作家代表大会上树立的标兵（自然征得斯大林同意），但1938年斯大林消灭布哈林后，决定用马雅可夫斯基取而代之，因此必须贬低帕斯捷尔纳克，大张旗鼓地宣传马雅可夫斯基。法捷耶夫从不喜欢马雅可夫斯基的诗，1928年同拉普战友一起猛烈抨击马雅可夫斯基的长诗《好》，1938年却把《好》的发表称之为"历史事件"。他在作协理事会上严厉谴责帕斯捷尔纳克脱离生活，孤芳自赏，但在咖啡馆里问爱伦堡想不想听真正的诗，朗诵的却是帕斯捷尔纳克的诗。法捷耶夫喜欢格罗斯曼的小说《为了正义的事业》，但斯大林不喜欢，发动批判，法捷耶夫也写了尖锐的批判文章。像他那样敏感的人一次次违心行事，内心痛苦不言而喻。最初，他对斯大林的粗暴、凶狠都能圆说，实在无法圆说还可以祭起"斯大林比我们都高明"这件法宝。后来，随着同斯大林接触增多，法捷耶夫对他了解加深，从崇拜转为怀疑，终于完全失望。

1932年10月在高尔基私邸召开成立苏联作协筹备会，斯大林和其他政治局委员也来了。大家喝了不少酒，法捷耶夫等作家请斯大林讲讲列宁。斯大林讲道："伊里奇明白他要死了，让我给他弄点毒药，因为他既不能请求妻子，也不能请求姐姐。'您是最残忍的党员'，他对我说。"在场的作家巴甫连科觉得斯大林是用骄傲口吻说出最后这句话的。斯大林讲完，大厅里一片死寂，最后这句话令人不寒而栗。但法捷耶夫却认为这说明斯大林是具有钢铁般意志的人。

1937年5月斯大林派法捷耶夫到格鲁吉亚参加党代表大会，并写出对大会的印象。法捷耶夫看见格鲁吉亚中央书记贝利亚进出会场，全体代表起立，会场前矗立着他的半身塑像，认为这不符合党的传统，便写出自己的看法交给斯大林。贝利亚调到中央接管内务部后，一天午饭后斯大林对贝利亚说："搞个人迷信，矗立自己塑像。"贝利亚吓了一跳，问斯大林从哪儿听来的，斯大林便把法捷耶夫写的材料交给贝利亚，贝利亚从此对法捷耶夫恨之入骨。但没有斯大林的批准，他无法逮捕身为中央委员的法捷耶夫，便想用别的方法干掉他。1945年5月，卫国战争刚结束，贝利亚邀请法捷耶夫到别墅做客。两人谈着谈着就吵起来，法捷耶夫指责内务部恫吓作家，挑唆作家之间的关系，逼迫作家告密。贝利亚大声喊道："我看你想妨碍我们工作。"法捷耶夫乘贝利亚到隔壁房间换衣服的时候溜出别墅，他虽喝了很多酒但心里明白，决不能从原路返回，贝利亚准会派人追赶。他刚拐入另一条路，只见一辆汽车飞驰而过，如走原路必定被汽车撞死。贝利亚会对斯大林说法捷耶夫喝醉了，自己撞在汽车上。斯大林为什么把法捷耶夫受他委托写的材料交给贝利亚呢，法捷耶夫无论如何也解释不通。

法捷耶夫写《青年近卫军》时，一天作家泽林斯基到他家做客。克里姆林宫信使送来急件，要法捷耶夫次日5点至6点间到斯大林别墅午餐。法捷耶夫陡然变色，请母亲对信使说他身体不适，无法赴宴，以后当面向斯大林解释。第二天法捷耶夫约泽林斯基采蘑菇，泽林斯基路上对他说："萨沙，我真无法理解你。斯大林并非每天请你赴宴，如对你没必要，你可以谈谈我们大家，在无拘束的气氛中谈谈我们最重要的事是多么难得的机会啊！"没想到法捷耶夫听了火冒三丈："滚你的蛋吧！你无权问我为什么不去赴宴，我应当对斯大林说什么！"泽林斯基也火了，掉头就往回走。法捷耶夫追上他，抱住他的腰说："我不去是因为我已满头白发，不想再让别人呵斥、嘲弄。我不是让人把脑袋往瓦盆里按的小猫，贝利亚一定在那里，当着斯大林的面用各种令人发指的问题盘问我。"接着法捷耶夫又讲了一件一直压在他心头的事。

一天斯大林身穿元帅服召见他，斯大林站在大厅中间，法捷耶夫双手紧贴裤线站在他对面。下面便是他们的谈话。

"听我说，法捷耶夫同志，你应当帮助我们。"

"我是党员，斯大林同志，每个党员都有义务帮助党和国家。"

"你少说废话，什么党员、党员的。我认真对你说，你作为作协领导人应当帮助我们。"

"这是我的责任，斯大林同志。"

"又来了，"斯大林恼怒地说，"你在作协老是'我的责任，我的责任'，可却不肯帮我们同敌人斗争。你是作协领导人，可你知道自己同什么人一起工作吗？"

"我怎么不知道？我了解我所依靠的人。"

"我们授予你响亮的总书记称号，可你不知道自己周围都是国际大间谍。"

"如果作家当中有间谍我一定揭发。"

"你说的都是废话，"斯大林冷峻地盯着法捷耶夫说，

"你算什么总书记，身旁都是国际大间谍。"

法捷耶夫惊出一身冷汗，请斯大林说出间谍名字。

"如果你这样没用，我只好提醒你：第一，你最亲密的朋友巴甫连科便是大间谍。第二，你心里清楚，爱伦堡是国际间谍。第三，难道你不知道阿·托尔斯泰是英国间谍？我问你，为什么不向我们报告？现在你可以走了，我没时间再同你谈这个问题，你自己看着办吧！"

法捷耶夫讲到这里竟失声痛哭："我无权不相信党中央总书记的话，但我却不相信，因为这不是事实。斯大林究竟要我干什么？"

斯大林要法捷耶夫清除作协里的"人民敌人"和"间谍"。自1934年作协成立至1953年斯大林逝世，2000名作家被处决、关押、流放。按内务部不成文的规定，逮捕令须经所在部门首脑签字，1946年法捷耶夫担任作协总书记后非但不能抵制也曾被迫签字，他身为作协总书记却不能参与制定文艺政策，他看到所谓的社会主义现实主义创作方法束缚天才而无可奈何。他反对作品粉饰生活、一味歌颂斯大林，却又带头参加大合唱。即便作协日常事务他也无权独自处理，必须看斯大林眼色行事。斯大林对杂志印张、稿酬、作家起居、创作出差、奖金颁发等都亲自过问。1948年讨论斯大林奖金授奖名单时，斯大林质问法捷耶夫为什么没有潘菲洛夫的小说《为和平而奋斗》，法捷耶夫回答不够水准，斯大林当众批驳道："我们的看法不同，应当给他。"法捷耶夫担任作协领导工作后，竭力支持作家，鼓励他们积极创作。一次在基辅谢甫琴科讨论会上，他为因形式主义而受到批判的导演梅耶霍德辩解了几句，一回莫斯科便被带到斯大林那里。斯大林让他看一份揭发间谍头子梅耶霍德的材料，责备他不该为梅耶霍德说好话。但梅耶霍德半年后才被逮捕，这期间他同法捷耶夫见面时仍握手拥抱，可法捷耶夫知道他死期已近，既不能说明，又无法挽救，心如刀割。党性最终无法束缚良知，法捷耶夫改变了对斯大林的看法。二十大后他对远东游击队老战友谈到斯大林时说："你对美女神魂颠倒，可后来才知道抱在怀里的却是丑妇。"

在创作上法捷耶夫同样陷入痛苦之中。在斯大林授意下，报纸猛烈批评他心爱的作品《青年近卫军》，质问他克拉斯诺顿的党组织到哪里去了？法捷耶夫公开承认错误，决定重写，但他知道加入党组织便不是原书了。1951年马林科夫召见法捷耶夫，对他说："冶金部门有项能改变全局的发明，并揭发出一伙破坏生产的地质学家，你若能写出来便是对党做出重大贡献。"政府向他"订货"，他怎能推辞，便毅然前往乌拉尔写《黑色冶金》。写到20个印张的时候，中央发现发明原来是假的，国家浪费了几千万卢布，地质学家们恢复了名誉，小说当然写不下去了。他酝酿多年的长篇小说《最后一个乌兑格人》被人讥为题材远离现实生活，终未完成。极富创作才华的法捷耶夫一生只写了《毁灭》和《青年近卫军》两部长篇小说。

斯大林逝世后法捷耶夫感到松了口气，对妹妹说："现在可以自由呼吸了。"他相信一切很快就会改变，他写信要求内务部为三四十年代受迫害的作家平反昭雪。被迫害的作家陆续从劳改营返回莫斯科，但很多人责怪法捷耶夫。1938年被捕的女作家安娜·别尔津逢人便说："我们都是萨沙陷害的。"法捷耶夫在作协俱乐部见到别尔津便走过去同她握手，别尔津示威地把手背过去。不少作家把他的前任、大清洗时期同叶若夫合作默契的斯拉夫斯基的账也算在他头上。他无法分辩，独自承受重压。法捷耶夫在作协八届理事会上作报告时，第一句便是："我犯了很多错误，也许我的一生便是一连串错误。"但他重新燃起改善文学事业的希望，接连给赫鲁晓夫和马林科夫写了《关于苏联文学艺术领导工作中陈旧的官僚主义危害及纠正其缺点的方法》《关于改善党、国家和社会对文学艺术指导的方法》等几份报告，并三次请求领导人接见他，但均无下文。他在不同时期同肖洛霍夫、西蒙诺夫和特瓦尔多夫斯基等著名作家一一闹翻，肖洛霍夫在二十大上还曾严厉批评过他。家庭中亦无幸福可言，他同身为苏联人民演员的妻子斯杰潘诺娃感情早已破裂。从他自杀前九天写给拉普时期朋友、评论家叶尔米洛夫的信中可以看出他绝望的心情："……远在第二次作家代表大会召开之前我就想大力改进作协现状，然而党组在苏尔科夫支持下反对我，中央也不同意我致开幕词，只责成我在辩论时发言，并在提法上妥协。事情已闹到公开排除我这个主席的地步，所有'指示'都由苏尔科夫向我传达。我看得很清楚，我的良好愿望未被他们理解，他们把我看成精神不正常或情绪变化无常的任性的人……"

法捷耶夫最终失去生活支柱，无法再活下去，他床边摆着斯大林画像似乎想说他所犯的错误也应算在斯大林的账上。

法捷耶夫安葬在莫斯科新处女地陵园，墓碑上有一组《青年近卫军》人物浮雕。

重读《被开垦的处女地》

　　我记得初读肖洛霍夫的《被开垦的处女地》（简称《处女地》，人地名均从草婴译《新垦地》）是在1948年春天。听几位年长的同志说《处女地》是本革命小说，要想提高革命觉悟一定要读一读。我虽年幼，但也有提高革命觉悟的要求，便借来阅读。没想读起来颇吃力，读完后很失望。吃

《被开垦的处女地》书影

力是这本书写法同我读过的章回小说完全不同，不直截了当叙述人物行动，而拐弯抹角地描写农民在农业集体化中的表现。外国人的姓名更让我头疼，看后面翻前头，不然便会把人物弄混。失望的是书中的村苏维埃主席、党支部书记以及他们所依靠的骨干令我反感，同我想象中的英雄模范相差十万八千里。后来听苏联专家讲苏联文学史，《处女地》被誉为农业集体化的赞歌，并充分肯定令我反感的那些正面人物。50年代初苏联专家的话都是金科玉律，我岂敢反驳，只怪自己欣赏水平太低。去年秋天应邀赴俄罗斯讲学，看到不少抨击《处女地》的文章，指责肖洛霍夫是农业集体化的吹鼓手，斯大林的帮凶，于是我又重读了一遍《处女地》。我觉得少年时代的印象是有道理的，正面人物仍令人反感，反面人物却让人同情，这很能说明作者的态度。《处女地》绝非农业集体化的赞歌，而是人类历史上最大"人祸"之一的农业集体化的真实记录。苏联专家不过重复中学课本里的观点，80年代以前大学、中学课本都是这样写的。

1987年，《星火画报》发表了肖洛霍夫的忘年交列维茨卡娅1930年夏天的日记，从中可以看出肖洛霍夫写《处女地》的动机。他问列维茨卡娅写集体农庄的作品多不多，列维茨卡娅回答多虽多，但从艺术角度看没有一本写得好的，包括潘菲洛夫的《磨刀石农庄》。于是肖洛霍夫说："如果我说我能写得比其他人好，您不会觉得我狂妄吧？"列维茨卡娅表示对此决不怀疑，列维茨卡娅最理解肖洛霍夫，相信只有他才能写出一本真实地反映农业集体化的书。

在分析《处女地》之前先应了解肖洛霍夫对农业集体化的态度。他在这方面言行很多，仅以1933年4月4日他致斯大林的信为例。信很长，共16页，只摘译一段："维约申斯克区同它周围北高加索边区的许多区一样，未完成粮食征购计划，也未储备种子，这个区同其他区一样，庄员和个体农民都快饿死了，大人和孩子浮肿，吃的都是人无法吃的东西，从动物尸体到柞树皮，以及沼泽地里的各种草根。维约申斯克区未完成粮食征购计划并非由于富农破坏，党组织无法对付他们，而是由于边区领导不力。"边区是行政单位，相当于州（省），面积略大。抱着这种态度的人能唱赞歌吗？官方确认《处女地》是歌颂农业集体化的小说，是出于政治需要，如果现在还有人这样看的话，不是受官方观点影响太深便是没读懂这本书。

故事由明暗两条线交织而成。以达维多夫为首的党政干部和积极分子在隆隆谷村建立集体农庄是明线，以波洛夫采夫为首的白军军官和富农妄图推翻苏维埃政权是暗线。不知肖洛霍夫使用这种老公式的目的何在，暗线中的人物仅仅仇恨苏维埃政权，妄图推翻它，但对破坏农庄的建立并没起多大作用。也许肖洛霍夫想让这些反面人物说出自己的某些看法？

列宁格勒工人达维多夫、村党支书纳古尔诺夫和村苏维埃主席拉兹苗特诺夫是如何领导隆隆谷村农民建立集体农庄的呢？从消灭富农着手，把他们赶出村去，把他们的财产分给农民。头一个消灭的是富农基多克·波罗丁，他不是沙俄富农，祖先没给他留下土地，而是劳动致富的苏联富农。他原是贫农，1918年同党支书纳古尔诺夫一起参加过赤卫军，把白军赶出北高加索后回到隆隆谷村，一心想发家致富。"他白天黑夜地干活，头发胡子都顾不上理，冬夏都穿一条粗布裤子。挣了三对公牛，累出小肠气来，可他总不知足！他雇工人，每次雇两三个。他挣了一架风磨，后来又买了一架五马力的蒸汽发动机，办起榨油厂，还买卖牲口。"这是支书纳古尔诺夫对他的揭发。基多克是怎样回答的呢？"我执行苏维埃政权的命令，扩大耕地面积。我雇工也是合法的：我老婆有妇女病。我过去什么也没有，现在什么都有，我打仗就是为生活得好。老实说，苏维埃政权不靠你们，我用自己的双手养活它。可你们就知道挟着皮包跑来跑去……"基多克在苏联富农当中具有典型性。首先，他们是种地能手。暗藏的富农雅可夫就向达维多夫介绍过种田经验："我们照老办法种地不划算！就拿黑麦来说吧，为什么它会冻坏，好多人种子都收不回来？可我地里麦穗总是密得挤都挤不进去……这都是我预先挡住雪，让土地吸饱水分。有些人贪心，齐根割掉向日葵秆当柴烧，他们不知道如果只割下花头，把秆子留在地里挡雪，风就吹不进去，雪就不会刮到洼地里。"其次，由于他们地种得好，政府便鼓励他们多种，但土地种得一多，一家人手便不够了，不得不雇工，到了农业集体化便成了富农。第三，他们按定额交纳粮食，从不拖欠，农业集体化便要全盘消灭他们。

农业集体化的骨干都是什么人呢？中农梅谭尼可夫、贫农刘比施金、乌沙可夫和狗鱼老爹等人。他们不少人是游手好闲的二流子，对分富农浮财上劲，种地就没多大劲头了。中农阿赫特金嫌他们不好好干活，所以不加入集体农庄："我们天不亮就起来耕地，一直耕到天黑，不知出了几身大汗，脚上磨出鸡蛋大的血泡，夜里还得放牛，睡不了觉。我进农庄会卖力干活，可别人呢，就说我们的柯里巴吧，他就会躺在犁沟里睡大觉。尽管苏维埃政权说贫农中间没有懒汉，说那是富农造谣，但这种说法不对。柯里巴一冬天都躺在热炕上，脚伸到门外。清早脚上落满霜，腰都被热砖烫坏了，这家伙懒到大小便都不愿下炕，我怎能跟这帮人一块干活呢？"刘比施金是裤子破得没法从姑娘们跟前走过的贫农，可他领导的第二生产队是怎么干活的呢？他对达维多夫抱怨道："一点办法也没有！我手下只剩28个劳力，可这几个也不肯干活，老偷懒。"中农梅谭尼可夫向村苏维埃主席拉兹苗特诺夫发牢骚："种地也罢，看牲口也罢！你看30个干活的当中倒有十个蹲在篱笆边抽烟。"中学课本和文学史经常引用狗鱼老爹的一句话："弟兄们，这样的日子我太喜欢了！"以此证明庄员生活得多快活。但他们只引用了后半句，还有前半句："哎，咱们去一趟赚一根杠子来"。一根杠子代表一个劳动日，狗鱼老爹套车出去转一趟便赚一个劳动日，他"太喜欢"的是不干活挣劳动日。这些积极分子私有观念也很强，分富农浮财时人人眉开眼笑，把自家牲口牵入农庄便个个愁眉苦脸了。农民开始加入集体农庄时村里突然刮起一股屠宰家畜风，先宰牛羊，接着杀鸡鸭，一时间人人吃得拉肚子。狗鱼老爹宰了一头小牛，牛排吃得太多，不论白天黑夜老是提着裤子往屋后的向日葵丛里钻。刘比施金和梅谭尼科夫都是跟老婆打架后才把牛牵到管委会去的，牵去后夜里睡不着，老惦记着自己的牛。

再看看肖洛霍夫笔下的集体化的领导核心。达维多夫原是普梯洛夫工厂钳工，以区委特派员身份到隆隆谷村建立集体农庄。中农迦耶夫被村支书纳古尔诺夫错划为富农，达维多夫决定把他一家人赶出村去，村苏维埃主席拉兹苗特诺夫说他干不了这种事："叫我怎么下得了手？我是什么，刽子手吗？……迦耶夫有11个孩子！我们一到，他们哭得多么惨，真叫人受不了，我听了头发根都竖起来！后来把他们从屋里赶出去。这时我闭起眼睛，堵上耳朵，跑到院子里！"达维多夫听了大怒，对拉兹苗特诺夫训斥道："你一来就说'我干不了，孩子们可怜。'……叫一家富农搬出去，你心里就难过？这有什么了不起！我们叫他们搬走，免得他们妨碍我们建设新生活。……等我们建设好了，那些孩子便不是富农的孩子了，工人阶级会把他们改造过来的。"从他话中可以看出他脑子里装满教条，却没有同情心。达维多夫为什么想不到复查迦耶夫的成分呢？他时时担惊受怕，生怕自己的做法不符合上级指示，所以宁可做得过火，也别让上级批评自己右倾。他同村支部书记和苏维埃主席共同做出决议：庄员牲口不论大小一律归公，连家禽也算在内。他是北高加索边区第一个把富农赶出村子的人，连区委书记科尔靖斯基都大吃一惊，批评他道："是你第一个出的鬼主意，把富农从自己村里推出来，弄得我们很难把他们弄走。"达维多夫很会许诺："我们要给他们建设美好的生活，就这么回事儿！费多特现在戴着父亲的旧军帽跑来跑去，可20年后他就会用电犁耕地了，他就不会再过苦日子了。"说到这里他眼睛湿润，脸上浮出微笑。可他又给农民带来什么实际好处呢？如果他真替农民做过好事，也不至于几乎被"暴动的娘儿们"打死。

村支书纳古尔诺夫这个形象恐怕令编写文学史的人煞费苦心，他们绞尽脑汁美化他，但他身上的毛病太显眼，怎么也遮掩不住，只好把他说成概念含混不清的革命浪漫主义者。纳古尔诺夫都干了些什么事呢？村苏维埃主席不愿清算被错划为富农的迦耶夫时，纳古尔诺夫尖叫起来，对他骂道："混蛋！你是怎么为革命出力的？可怜吗？我呀……现在就是有几千个老头儿、小孩子、娘儿们……只要对我说，为革命的缘故得消灭他们……我可以用机关枪把他们统统干掉！"纳古尔诺夫绝非随便说说，以表示自己对革命的无限忠诚，他是为几句革命口号什么事都干得出来的。他建议枪毙所有屠宰过家畜的人："他们在宰牲口，那些混蛋！他们情愿胀破肚子，也不肯把牲口交给集体农庄。我有个建议：今天让大会通过决定，把恶意滥杀牲口的人通通枪毙！"纳古尔诺夫的提议遭到达维多夫等人反对而未通过，他咆哮起来："他们什么都会宰的。现在到了阵地战的时候，就像国内战争时那样，敌人从四面八方冲过来。可你们呢，你们这种人会把世界革命葬送掉，……资产阶级到处虐待工人，消灭中国红军，屠杀黑人，你们还在这儿跟敌人客气！真丢脸！"纳古尔诺夫强迫农民把种子交给农庄管委会，一起存入公仓，单干户洗澡迷不干，两人吵起来。火气越来越大，话越说越难听。洗澡迷失去控制，对纳古尔诺夫喊道："我现在回去就把粮食喂猪吃！""喂猪？拿种子喂猪！"纳古尔诺夫两步跳到门边，从口袋里掏出手枪，用枪柄朝洗澡迷太阳穴猛击过去。洗澡迷摇晃了一下……倒下了，黑色的血从太阳穴流出来。纳古尔诺夫自己失去自制力，又向倒下的人踢了几脚才走开。接着用手枪逼着洗澡迷，让洗澡迷把他口授的话写下来："……我虽是隐藏的反革命，但以后决不再在口头上、书面上、行动上损害全体劳动人员所热爱、并用劳动人民大量鲜血所换来的苏维埃政权。我决不再骂它、侮辱它，而将耐心地等待世界革命。那场革命将把我们——全世界革命的敌人——全部消灭干净。"他还把另外三个不交种子的庄员锁在屋里，不交便不放他们回家。村苏维埃主席拉兹苗特诺夫的情妇玛利娜离开他后，心里难受，想找纳古尔诺夫聊聊，纳古尔诺夫对他说："她是你的绊脚石，可当前生活要我们把一切闲事都抛掉，现在不是我们共产党员搞闲事的时候！"拉兹苗特诺夫不同意他的看法，反驳道："照你说共产党员都不能接近娘儿们了？""当然不行，"纳古尔诺夫严肃地说，"那些已经糊里糊涂地结了婚的人就让他们跟老婆过下去吧。至于年轻小伙子，我认为应当下道命令禁止他们结婚。一个人拜倒在老婆裙子下还成什么革命家呢？娘儿们对我们就像蜂蜜对贪馋的苍蝇，一下子就会把人粘住……谁要是有了孩子，对党就变成废物。他一下子学会照料孩子，闻惯孩子的乳臭，这人就完蛋了！打仗不中用，干活也糟糕。"人要等到世界革命成功后才能结婚、生孩子，不然便会变成对党无用的废物，这种观点已不是偏激，而是荒谬了。他自己同妻子路希卡离了婚，"觉得真痛快，谁也不妨碍我，我如今好比一把锋利的刺刀，刀尖对准富农和共产主义的其他敌人。"他一有空便自学英语，学了三个月记住八个单词。当拉兹苗特诺夫问纳古尔诺夫学英语的目的时，后者惊讶地喊道："我是共产党员，对吧？英国将来不是也要成立苏维埃政权？我们俄国共产党员中会说英国话的人多不多呢？实在很少。可是英国资产阶级占领了印度，占领了差不多半个世界，还压迫各种黑皮肤和棕皮肤的人……将来那边也成立了苏维埃政权，可是许多英国共产党员却不明白阶级敌人的真面目，他们没有经验，不会正确对付他们。那时我就要求党把我派到他们那儿去，去教教他们，因为我懂他们的话，一去就可以开门见山："你们这儿有'列伏留兴'（革命）吗？想搞'康穆尼兴'（共产主义）吗？朋友们，那就把资产阶级和将军们统统掐死。等世界革命成功，国界一打破，我第一个就会喊，'去吧，去跟外国女人结婚吧！'大家都混在一起，世界上便不会有白皮肤、黄皮肤、黑皮肤这样的怪事了。白种人也不会再嘲笑肤色同他们不同的人，把他们看得比自己低了。将来大家脸都是浅黑的，很好看，个个一样。"为制止农民屠宰牲口，纳古尔诺夫去做说服工作，他刚一出门小猪便在屠刀下尖叫起来，"要知道我给那个自私的王八蛋刚讲了一个小时世界革命和共产主义呢！讲得又那么动人，连我自己都感动得掉了几次眼泪。……他们以为他们只是宰耕牛，其实他们是向世界革命开刀！"肖洛霍夫已经把纳古尔诺夫漫画化了。

村苏维埃主席拉兹苗特诺夫比纳古尔诺夫冷静，同情心尚未泯灭，但缺乏领导才能，不用说领导全村，就连情妇玛利娜也管不了。玛利娜一定要退出农庄，他央求她千万别这样做，好话说尽，可仍无法劝阻玛利娜退出农庄，只好同她分道扬镳。"他能代表什么政权？如果让大家选举的话，善良的人们决不选他。"庄员们这样说。拉兹苗特诺夫不是鲜明的形象，而只是鲜明形象纳古尔诺夫的反衬。

白军军官波洛夫采夫准备暴动，但因无人响应而取消。肖洛霍夫通过他道出政府不顾农民死活征粮的真正目的："我们得到可靠消息，布尔什维克中央正向庄稼人征收粮食，说是为农庄准备种子，其实是把这些粮食卖到国外去，因此庄稼人，包括农庄庄员在内，将注定挨饿。"这饥饿的两年，政府向国外卖了2800万公担粮食，斯大林决心已下，不管千百万农民死活，一定要获得实现工业化的外汇。

肖洛霍夫对农业集体化的态度鲜明地表现在小说里。试想几个脑子里装满教条和各种荒谬念头的人，率领一群游手好闲、自私自利的二流子，赶走种田能手，自己却不肯辛勤劳动，会建立起什么样的农庄？《处女地》写的是1929年农业集体化出现大量过火行为时期，即斯大林在《胜利冲昏头脑》一文中严厉指责各种错误并把它们推诿给地方干部的时期，到处出现饿死人的现象。1931年至1932年冬天，全国饿死三四百万人，《处女地》描写的正是向这种不可避免的结果发展的过程。这样的集体化不可能有别的结果。怎么能说肖洛霍夫对农业集体化唱赞歌呢？然而斯大林需要有人为他的农业集体化政策唱赞歌，光潘菲洛夫那样的作家还不够，还需要受到全国人民喜爱的肖洛霍夫。于是御用评论家便把《处女地》定为歌颂农业集体化的小说，他们把这种观点灌输给人民，从小学生开始。小学生们从上面提到的文学课本接受的便是这种观点，世代相传，半个多世纪后这种观点便在已丧失独立思考能力的人的脑子里扎了根。当苏联批判、否定农业集体化之后，《处女地》也跟着被批判、否定了。这是一个历史误会，如果我们不抱成见，细心地读读这本书，便会看到肖洛霍夫写的并不是赞歌，而是大胆地、真实地记录了这段历史。肖洛霍夫在《处女地》里依然是位伟大的作家。

西蒙诺夫及其抒情诗《等着我吧》

　　1941年希特勒背信弃义进攻苏联，斯大林仓促应战，接连失利，大片领土沦丧，一时人心惶惶。苏联领导人当务之急是稳定民心，鼓舞斗志。正在此时，西蒙诺夫的《等着我吧》一诗在《真理报》一经发表，其影响之大，任何形容词都显得苍白无力，只好套用词话里的一句话："凡有红军战士处，皆能诵'等着我吧'"，就连歌曲《喀秋莎》和爱伦堡的政论都无法与之相比。诗的最后一段是这样写的：

　　　　等着我吧——我会回来的。
　　　　只是你要苦苦地等待，
　　　　等到那愁煞人的阴雨，
　　　　勾起你的忧伤满怀，
　　　　等到那酷暑难捱，
　　　　等到别人不再把亲人盼望，
　　　　往昔的一切一股脑抛开。

等到那遥远的他乡，

不再家书传来，

等到一起等待的人，

心灰意懒——都已倦怠。

等着我吧——我会回来的。

死神一次次被我击败！

在炮火连天的战场上，

从死神手中，

是你把我救了出来。

我是怎样死里逃生的，

只有你我两个人将会明白——

全因为同别人不一样，

你善于苦苦地等待。

（苏杭译）

　　前线的士兵和后方的妇女都把这首诗当成护身符放在贴心的口袋里，丈夫一想到忠贞的妻子倚门守待，从前线凯旋时迎接他的是爱妻的拥抱，便斗志倍增。妻子则相信自己的等待能使丈夫避开死神，平安归来，又有什么困难不能克服呢？一首短诗能产生如此巨大的社会功能在世界文学史上也是罕见的。

西蒙诺夫为什么要写这首诗呢？他在一篇谈如何创作《等着我吧》的文章中写道："当时我在西部战场，在行军的战车中、掩蔽所里写了许多诗，其中包括这首献给远方爱人的《等着我吧》……因为它表述了千千万万战士内心深处的思想感情：亲人朋友在等待

苏联作家西蒙诺夫

着他们，而他们又理当被等待。这种等待可以减轻战争对他们的重压，这种等待有时会挽救他们的生命。"他所说的是诗所产生的客观效果而不是触发他写这首诗的灵感。有人私下问他时，他回答道："真不知道怎么会写出这首诗，是它自己冒出来的。"后来又补充一句，"爱情的指使吧。"

最后这句话虽接近创作本意，但仍太笼统。西蒙诺夫不论公开还是私下都没说实话，因为实在说不出口：祈求妻子瓦利娅·谢罗娃等待着他，别把他忘掉，或者迫使自己相信妻子在家等待他，因为他已预感到她不会等待。西蒙诺夫的女

儿玛莎·西蒙诺娃1993年在《星火画报》第六期所发表的《我记得……》一文中，谈到父母时说得再明白不过了："他那样爱她，不能不写。而她却不会等待，尽管《等着我吧》仅为她一人而写。最后的诗句'全因为同别人不一样，你善于苦苦地等待'成为对千百万妇女不容怀疑的肯定，但对作

苏联影星谢罗娃

者却是自我肯定，他想相信，并以男人特有的固执迫使自己相信。"1995年8月30日玛莎答《青年报》记者问时，又几乎一字不差地重复了上面这段话，可见她对自己的看法坚信不疑。为什么瓦利娅·谢罗娃同别人不一样，不善于苦苦等待呢？这得从她同西蒙诺夫的关系说起，要说清他们如何从相爱到破裂又得从瓦利娅·谢罗娃的身世说起。

谢罗娃出身于戏剧世家，母亲波洛维茨卡娅是著名的话剧演员。谢罗娃17岁考入青年工人剧院附属的戏剧学校，毕业后留剧院当演员。1939年在影片《倔强的姑娘》中饰主

角，一举成名。后又在《等待着我》《俄罗斯问题》《格林卡》等影片中饰女主角，成为40年代苏联红极一时的女影星。她生得标致、丰满、性感，同美国影星梦露有相似之处。1938年她同苏联歼击航空兵飞行员安纳托利·谢罗夫相遇，谢罗夫一见钟情，立即向她求婚。瓦利娅怕嫁给飞行员整天担惊受怕，犹豫不决。有次她随剧院赴列宁格勒演出，谢罗夫到车站送行，恋恋不舍地望着瓦利娅。次日瓦利娅抵达列宁格勒，一出车厢便看见谢罗夫手捧鲜花站在车厢门口，瓦利娅惊讶万分，问他怎么会在这儿。谢罗夫告诉她送走她后直奔机场，飞行员朋友把他带到列宁格勒。这一刹那瓦利娅便决定了自己的终身。婚后谢罗夫以志愿军身份参加西班牙反法西斯战争，击落敌机6架，被授予苏联英雄称号。1939年谢罗夫在一次试飞中牺牲，瓦利娅痛不欲生，一个月后生下儿子。她自己说如果没有这孩子决活不下去，为了纪念父亲，儿子也取名安纳托利。

西蒙诺夫1940年在青年工人剧院舞台上初次见到瓦利娅的时候，正是她在痛苦中挣扎的时期。瓦利娅的美貌令西蒙诺夫神魂颠倒，于是瓦利娅便从舞台上走入西蒙诺夫的生活中。西蒙诺夫从第一个剧本《一次爱情经历》直到50年代中期所有作品都是献给瓦利娅·谢罗娃的，西蒙诺夫和谢罗娃的婚姻在莫斯科传为美谈。西蒙诺夫对谢罗娃爱得如醉如狂，对小安纳托利也很好，孩子也很爱科斯佳（西蒙诺夫名昵称）叔叔，但谢罗娃眼里却不时流露出淡淡的忧伤。她曾对女友乌瓦罗娃说："儿子越长越像父亲，一看见他我便想起安纳托利，回想起我们一起度过的无比美好的日子的每个细节，心便碎了。科斯佳是个好人，可我……"谢罗娃内心的波动，敏感的诗人是不会感觉不到的。

卫国战争爆发后，西蒙诺夫同许多作家一样以《红星报》记者身份奔赴前线。他预感到谢罗娃对他的感情将会冷淡，以至变心。预感并未欺骗西蒙诺夫，1943年谢罗娃随乐团赴布良斯克前线演出，同方面军司令罗科索夫斯基元帅相遇，有美男子之称的英俊统帅与绝代佳人双双堕入情网。谢罗娃心里又掀起久已平息的感情狂浪，谁料叱咤风云的元帅原是多情种子，两人爱得昏天黑地，但在残酷的战争年代像他们那样身份的人的爱情只能昙花一现。短暂而炽热的爱情不仅加深她同西蒙诺夫已有的裂痕，而且给予她本人致命的打击。她以酒麻痹内心的灼疼，逐渐成瘾，无法戒掉。罗科索夫斯基对谢罗娃也一往情深，战争结束后仍常到西蒙诺夫寓所前小立片刻，望一眼谢罗娃卧室的窗帷。多年后谢罗娃在青年工人剧院时期的老搭档帕维尔讲了一件他所目睹的事：

有一次谢罗娃对他说,五点整,一秒不差,一辆政府要员的轿车准时开到她家门前,车里的人将在门前"立正"几分钟,并说他可能见过那个人。五点钟谢罗娃拉开窗帷,一辆吉姆车刚好开到。从车里走出一个人,帕维尔一眼便看到军服上的元帅肩章。1949年罗科索夫斯基被斯大林派往波兰任国防部长,吉姆车才不

苏联元帅罗科索夫斯基

再出现。此后她同西蒙诺夫的关系并未好转,反而恶化。谢罗娃已无法控制自己的感情,桃色事件时有发生。1950年谢罗娃生了个女儿,西蒙诺夫见到后意味深长地说:"头发是黑的,这么说是我的啰!"西蒙诺夫终于无法再忍受,由爱转恨,同她决裂。他们是1957年离婚的。除《等着我吧》一诗上留有瓦·谢两个字外,西蒙诺夫删掉作品中所有她的名字。这时西蒙诺夫跻身高位,担任作协副总书记,并多次荣获斯大林奖金,已是有影响的人物。他不希望谢罗娃的名字

再出现在海报和银幕上，这些机构的领导对此心领神会。

离婚后谢罗娃的日子很艰难，她离开列宁共青团剧院，在小剧院也没待住，又转到莫斯科苏维埃剧院，仍没待住。影片当然没再拍。为同母亲争夺女儿玛莎赡养权打了一年官司，母亲认为她是酒鬼无权抚养女儿，应由自己抚养。谢罗娃虽最终胜诉，但精神已崩溃。她同儿子安纳托利一起酗酒，家里能变卖的东西都变卖了，唯一保存下来的是西蒙诺夫给她写的信。70年代西蒙诺夫生病住院，玛莎来看他，西蒙诺夫叫她把他写给她母亲的信全部带来，他看过便还给她。玛莎送去后，西蒙诺夫让她三天后来取。玛莎取信时，发现父亲一下子仿佛老了十岁。西蒙诺夫说："这些信仿佛昨天写的，凡是提到你的地方我都剪下来还你，其余的都要通通烧掉，不能落入他人手里。"

现在，不少人还记得30年代苏联著名女影星，如玛卡洛娃、拉德尼娜、奥尔洛娃、玛列茨卡娅，可有谁还记得40年代令观众着迷的谢罗娃呢？她完全被人遗忘了。

西蒙诺夫写这首诗的动机和它所产生的社会效果之间的差异如此之大，也是世界文学史上所罕见的。

本色文丛

（柳鸣九主编　海天出版社出版）

《往事新编》许渊冲／著

《信步闲庭》叶廷芳／著

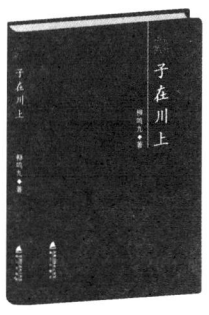

《岁月几缕丝》刘再复／著

《子在川上》柳鸣九／著

《榆斋弦音》张玲 / 著

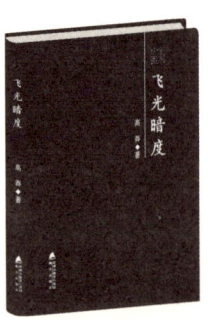

《飞光暗度》高莽 / 著

《奇异的音乐》屠岸 / 著

《长河流月去无声》蓝英年 / 著